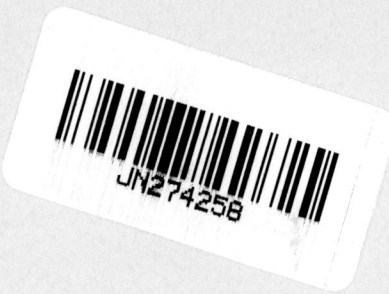

ムサビ日記

手羽イチロウ 監修

武蔵野美術大学出版局

装幀 小野真理紗

美術大学や美大生に
どんなイメージを持っていますか？

「おしゃれな格好をしてる人が多い」
「似顔絵を頼まれたらサラっと描いちゃう」
「1日中油絵を描いている」
「みんなベレー帽をかぶってる」
「普通の大学よりラクそう」
……美大や美大生に対するイメージは、
だいたいこんなところじゃないでしょうか。
でも、実際はおしゃれどころか、
制作中は汚れるのでツナギ姿*ですし、
美大生全員がサラっと
似顔絵を描けるわけでもありません。
美大といっても大学ですから、
哲学や英語などいわゆる講義科目が
普通にありますし、課題は多くて大変。

ツナギ姿：
自動車や飛行機の整備をする人が着ている、上下つながっている作業着。

知られているようで、意外と知られていない
「本当の美術大学」を理解してもらうために、
ムサビ* OB であり、ムサビ職員である私、
手羽イチロウが始めたのがサイト
《ムサビコム*》です。
このサイトは 2003 年に、
ごく個人的にスタート*しました。

ムサビ：
ご存知かもしれませんが、「ムサビ」とは「武蔵野美術大学」の愛称です。

《ムサビコム》：
http://www.musabi.com/

ごく個人的にスタート：
もちろん運営費は手羽の自腹です（涙）

そんな手羽が運営する《ムサビコム》の
1コンテンツとして、ムサビ生有志が
自分達の日常をブログ形式で書いているのが
「ムサビ日記」です。
本書は、2006年4月から翌年3月に書かれた
総勢27名のブログ146件を
1冊にまとめたものです。
1年分の27人の日記は総数で1605件あり、
その中からムサビ学校紹介ではなく、
美大生の悩みや考え、
本音が書かれているものを選り抜きました。
全員、まさか本になる日が来るとは想像もせず、
勝手気ままに書いています。書きっぱなしもあり、
連続ドラマ仕立てもあり、27人それぞれです。
ブログを出版するにあたって、
あえて修正はしていません。
また、日記だけでは伝わりにくい点や、
書き手の思い込みには、書き下ろしの「手羽註*」で
補足をしています。

「手羽註」：
こんなふうに欄外にある
ツッコミのことです。

ここにはごく普通の美大生しか登場しません。
残念ながら「あの漫画」のような全員片想い
逆走ラブストーリーもありませんし、
「あの小説」のようなオカンも時々オトンも
「ゆるキャラ」も出てきません。
美大にドラマチックでおしゃれな学生生活を
求めている人には、
きっと拍子抜けでしょう。

できるだけリアルな美大生活を学生さんに
書いてもらうために、《ムサビコム》はあえて
「大学非公式サイト」という立場を取っています。
例えるなら「公式なアングラサイト」
といったところでしょうか。
「〈公式なアングラサイト〉ってところが、すでに
ムサビっぽい」と指摘されたこともありました。
確かにこういうことを認めて（見守って）くれる、
そしてそれを大学出版局で書籍化できるのは、
武蔵野美術大学しかないかもしれません。

「他分野の人と一緒に何かを作る面白さを知っている」
「いろんなことに興味を持つ」
「文章を書くのが好き」
「ネガティブなことも違う発想で面白く考えられる*」
がムサビ生の特徴であり、
リリー・フランキーさん、みうらじゅんさん、
西原理恵子さん、辛酸なめ子さんといった
ムサビ卒著名人の特徴でもあります。
また、それを育てる土壌が
ムサビにはあるように感じています。

*ネガティブなことも…：社会に出てから気がつくこの美点。「バカだねぇ」と褒められることたびたび。

さて、それでは「リアルな美大の日常を」
どうぞ御覧ください！

手羽イチロウ

もくじ

学生が学科名をフルネームで呼ぶことはほとんどなく、
この日記の中でも「通称」で出てきますのでお見知りおきを。
ちなみにムサビは単科大学（造形学部のみ）です。

日本画／ニホンガ：日本画学科

油／アブラ：油絵学科油絵コース（2006年度新入生より油絵専攻）

版画／ハンガ：油絵学科版画コース（2006年度新入生より版画専攻）

彫刻／チョーコク：彫刻学科

視デ／シデ：視覚伝達デザイン学科

工デ／コウデ：工芸工業デザイン学科

空デ／クウデ：空間演出デザイン学科

建築／ケンチク：建築学科

基礎デ／キソデ：基礎デザイン学科

映像／エイゾー：映像学科

芸文／ゲイブン：芸術文化学科

デ情／デジョー：デザイン情報学科

通信／ツーシン：通信教育課程

4月 初めて自分の作品が売れました

2006年4月6日（木） 凡々*

● わすれもの

自他ともに認める忘れ物常習犯です。
今日はクロッキー帳*を紛失しました。
結構大事なことがかかれていた
クロッキー帳だったもので、焦りました。
結構恥ずかしいクロッキー帳だったもので、
焦りました。
クロッキー帳は思いついたものを思いついたように
かいている、まさに自分の素の状態の一部な訳です。
恥ずかしさのレベルは
パンツを落とすのと同レベルです。
焦ります。
思い当たるカバン、机、棚、果てはまずありえない
ベッドの下まで探すも、一向に見つかりません。
こ、これは部屋が汚いのも悪い！
最近見たのになんでだ？と思いながら、
平積みしていた本類を
1冊1冊チェックしながら探していると、
知らぬ間に部屋がすっきり。笑
思わぬ効果です。

凡々／ぼんぼん：
空デのファッションデザインコース3年。2004年9月から参加。ポジティブっ子。
⇒ 260頁

クロッキー帳：
クロッキーのためだけではなく、ネタ帳・講義用ノート・落書き用とマルチに使えるため、ほとんどの美大生がカバンに小さいやつを忍ばせている。ムサビオリジナルもあり↓

もしや捨てた？
そういえばこの間ケータイを探していたら、
ゴミ箱にinしてました。

で、結局スキャナに挟まっていました。
家なのに、コンビニのコピー機に原稿を
忘れるようなミス、、、。

2006年4月10日（月） 鈴嵐*

● たてかん

お久しぶりです。
最近は学校近くに借りたアパートにいることが
多く、ちっとも更新できませんでした。
その間に小春さん*たちの日記が消えたり、
NEW! がちょっと変わってたり（かわゆい）、
何より自分が4年と表記されている恐ろしさっ
たらない。

ここ数日は久しぶりに地獄を見ました。
最後の1日は16時間とおしで絵を描きました。

主に劇むさ*の立て看板のせいです。
1号館*をばばばんと占拠する気持ちよさったら。
7号館をキューブ状に囲むのも初めての試み。
間に合ってないけど。
12号館前のちっこいのは、宣伝美術さん*＋視デ
の子の精鋭部隊による作です。

鈴嵐／りんらん：
油の版画コース4年。おだんご頭が目印。2004年4月から参加⇒261頁

小春さん：
2006年3月卒業のムサビ日記ライター1期生。現在某大手電機メーカー勤務。

劇むさ：
「劇団むさび」の略。ムサビの演劇サークル。毎年4月と秋の芸術祭（学園祭⇒144、145頁）で公演を行っており、2007年4月が第101回公演となる。

1号館：
正門を入って正面にある1号館、たしかにここはムサビの顔。占拠しちゃうのは壮快⇒262頁

宣伝美術さん：
告知用に立て看板やチラシ、ポスターを作る係。

ポスターを並べたり大型出力したりする方が
楽と言えばそれまでですが、
ああいう地味でださくて地道なことをこまこま
やる、そういうのがやっぱり劇むさよね、
という話をしていたのは1月の宣美会議でのこと
だったでしょうか。
いまだにベニヤに描かれる立て看板。
やっぱり紙よりも垂木*で固定したパネルの方が
媒体としての力が強いし、この時期はどのサークル
もチラシは貼りまくるので目立たないし
どうしても違う方法でばんと見せたかったのです。
すがすがしい!
正門から人って右側の看板は私が描ききりました
ので、是非みてくださいね。
うちの企画はかろうじて絵が描けるのが私だけ
だったのです。荒いところや稚拙なところは大目
にみてくださいね。
ものすごく滑稽な構図でバカ丸出しなのです。
がんばりました。

垂木(たるき):
一般的には屋根を支える長い木材。パネルのフレームや作品の補強に使える便利な角材。

2006年4月13日(木) 音量子*

● 中野の明屋

今日、中野ブロードウェイ*の大型書店「明屋」に
行ったが、『たのしい中央線2 特集・ムサビ世界*』
を見つけることが出来なかった。
本当は置いてあったのかもしれないけれど、いい
大人が若い書店員に「『たのしい中央線』はあり

音量子/おとりょうし:
通信4年。2005年9月から参加。THE大人。⇒259頁

中野ブロードウェイ:
中央線・中野駅ちかくにある商業ビル兼住宅ビル。マニアなお店が多数入っている。

『たのしい中央線2』:
2006年4月、太田出版発行。中央線にゆかりの著名人が思い出を振り返ったり、沿線で何かをやったり熱い想いを語ったりするムック本。特集がなんと「ムサビ世界」で、みうらじゅんさんや辛酸なめ子さんと共にムサビ日記メンバーがインタビュー記事で出てくる。

ますか？」などとは恥ずかしくて聞くことができない。

恥ずかしい本について聞くときには恥ずかしくない本にそっと紛れ込ませて聞く手もあるが、
「『週刊東洋経済』と『会社四季報』と『株価総覧』と『たのしい中央線』はありますか？」と聞くのはもっとおかしい。

勤務先は厚木で自宅は横浜なので*、近所の書店に『たのしい中央線』が置いてある可能性はまずないので、もう一生涯『たのしい中央線2 特集・ムサビ世界』のページを繰ることが出来ないと思うとちょっとさびしい。
『たのしい中央線』は架空の本で広報の手羽さんにいっぱい食わされた*のだと、とりあえず思い込むことにする。

2006年4月14日（金）　ニア*

● こっそりと優等生

学校の始めの授業、オリエンテーション*の終わりに配られるのが「成績表」。
前の学年までで何単位とれていたか、
あと卒業まで何単位とらないといけないか、
というのが一目でわかる。
高校以来の通信簿よりは「不可、可、良、優」の4つで甲乙つけられるので大した優劣が

勤務先は厚木で…：
通信の学生さんのほとんどは、仕事をしながら勉強しています。

いっぱい食わされた：
2年連続でエイプリルフールに「ムサビ日記が本になります」と手羽がブログに書いてたことをいってるのかな？ 3年目は「本当に本になるんです」でした（笑）

ニア：
視デ3年。2004年4月から参加。バイタリティ全開。
⇒259頁

オリエンテーション：
授業の最初に行われる説明会。履修のことや学生生活等、大事な話ばかり…なのだけど1日中じっと聞いてなくちゃいけないので、学生にとってはつらい日々。今の高校生なら馴染みのある言葉ですか？私は大学に入るまで「オリエンテーション」という単語は知りませんでした…「オリエンテーリング」だと思って、きっと楽しいことをやるんだとばかり（実話）

わかるわけでもない。
私らは、もっぱら単位が
「とれてるか、とれていないか」に注目する。
助手さん*が名前を呼び、学生が１人ずつ
成績表を取りに行く。
少し騒がしくなる。ここは高校と変わらない。
私は２年の後期、結構だれていたので、
あまりとれていないと思っていた。
返してもらって、少し複雑な表を見て
首をかしげていると
「よう、見せてよ」と友達が言ったので見せる。
「あと何単位くらいとらなきゃいけんの？」
と聞いた。
「あんた、もうこれ以上とらなくていいんよ！」
「あ、まじ？」
「あと視デの必修やってれば卒業できるよ」
３年でフリーですか。
専門科目の授業だけしかとらずにいくと
週２、３日しか学校に行かずにいいみたいだ。
不良ぶってたけど、
ちゃっかり真面目さんじゃない！？
自分が信じられない。
あきらめていた授業の単位が全てとれてる。
寛容なムサビ。このことを母に言うと
「ふうん、あんたつぎ就職活動やろ」
と吉報を跳ね除け、新たな荷物を背負わせる。
さすが母！
でもまぁ、学費が浮くわけでもないですから

助手さん：
授業を円滑に行うためのスタッフ。学生からの文句（および甘え）、教員からの無理難題（ならびに甘え）、事務局の冷たい対応など苦労は絶えない。

語学でも学ぼうと思っています。

さすが真面目な私。くそう不良になりたい。

2006年4月15日（土） ひだまり*

ひだまり：
大学院基礎デコース2年。2005年4月から参加。社会人から大学院に入学。
⇒260頁

● 誰かー教えてくださいー。

茂みから登場したカモ？（写真左）

猫に逃げることもなく茂みをがさがさしていたカモ？

これはカモですか？アヒルですか？*

それとも手羽さんがいうところの

アイガモなのでしょうか。

もし詳しい方がいたら教えてください。

アヒルですか？：
ムサビでは日本画の教材（モチーフ）として鳩や鯉、孔雀などを飼っている。この写真に写ってるのも放し飼いのアヒル（と猫）で私も学生時代、アヒルさんによく追っかけられた。2006年5月にこのアヒルさんはお亡くなりに…合掌。

2006年4月15日（土） una-pina*

una-pina／ウナピナ：
エデのインダストリアルデザインコース4年。2003年4月から参加。ムサビ日記初期メンバーの1人
⇒258頁

● サイアクな日＜前日＞

某企業の最終役員面接を控えた＜前日＞、

その日も、スーツで東京のあっちからこっちへ移動

移動＆説明会＆面接で、
バッタバタでした。
（あ、ちなみにあっちっていうのは、関東の果てのように感じられる、武蔵野美術大学なんですが）

小平*では、自転車は最低限の足*です。
（徒歩も可能なんですが、時間のロスと体力の消耗を考えると、自転車は必須と考えていいと思います＜ムサビ１年生へ）
でもタイトスカートで自転車って、疲れるんですよ。

小平（こだいら）：
東京都の多摩地区にある市。ムサビの住所は小平市小川町 1-736。ちなみに小平は「ブルーベリー栽培発祥の地」。

自転車は最低限の足：
実家通学の人も、あると何かと便利な自転車。そう小平はどこまでもなだらかな平地。

裂けるうぅぅ・・・！！！
って危機感と隣り合わせなんですよ。
それから、
伝線するうぅぅぅ・・・！！！
ってオプションも。これは、替えを持ち歩いているので、まだマシなんですが。

で、まあ＜前日＞の予定は、無難な感じで一通り片付き、家に帰って用意されたお風呂に浸かり、出された夕飯を食べ、家族とのコミュニケーションもそこそこに、睡魔に勝てず９時前に就寝したんです。
（こういうとき、実家ってなんて素晴らしいんだろうと実感します。ありがとう、父上＆母上／）

ふと、目が覚めました。
風呂上がりに髪を乾かしながら観ていたニュース

番組の、悪質ブリーダー特集のせいか、
ピナが、げっそり痩せて、獰猛な野良猫にいじめられている夢を見ていました。
・・・サイアク。
（ピナは、遠い昔、いっっっっちばん初めの日記に画像付きで紹介した、4歳になるうちの愛猫です[*]）
起きた瞬間、夢だったことにすごく感謝したのですが、あまりに後味の悪い夢で、再び目を閉じる気になりませんでした。
枕元にあった携帯に手を伸ばすと、午前1時40分。

うちの愛猫です：
手前がピナ。

サイアク・・・明日面接なのに
こんな中途半端な時間に起きちゃって・・・

リビングへ行くも、夢のせいでテレビをつける気にもなりません。
しょうがない、
と、水を1杯飲んで部屋へ戻りました。
それから眠れない数時間を横になって過ごし、
でも気づくと、父の目覚ましが鳴る5時前には、
夢の中でした。

2006年4月16日（日） una-pina

● サイアクな日＜当日（1）＞

＜前日＞篇にて起きたサイアクな事項：2つ
これから起こるサイアクな事項：8つ
長くなるので、＜当日（1）＞と＜当日（2）＞に

分けることにしました。
もう暫くお付き合いくださいませ。

廊下で物音がして目が覚めました。
寝不足で起き上がれぬまま、ぼぅっとしていると、
ドアが開いて、
「もう 8 時過ぎてるけど、大丈夫なの？」と母。
目覚ましはセットして寝たはず。
8 時過ぎで鳴らないなんて、ありえないわけで
・・・サイアク・・・電池切れで電源落ちてる。

面接予定時刻は 10 時。
通常 45 分はかかる道のりなので、5 分前行動 +
余裕を持って、9 時には家を出たい。
つまり、用意に使える残り時間は約 45 分。
大丈夫大丈夫、ウナとピナ[*]に挨拶して、携帯充電
器にセットして、顔洗って、着替えて、食事して、
ジャケットに軽くアイロン当てて。
家を出たのは結局 9 時 05 分。
大丈夫大丈夫、ちょっと早足で歩けば、
間に合う時間。

ウナとピナ：
una-pina さんが飼っている 2 匹の愛猫。una-pina さんの名前の由来⇒左上の写真

改札の手前、定期入れを探しながら、
そういえば、今日は成績証明書を提出するんだった。
どこに入れたかな？
・・・入れた記憶・・・ナシ・・・
今朝起きたときになんとなく机の上にそれらしき

ものがあったような
・・・やっぱ無い！ぎゃあ！
サイアク！

落ち着け自分！落ち着け自分！
タクシーに乗って引き返せば、まだ間に合う！
ギリギリだけど、きっと大丈夫！

タクシー拾う→家に向かう＆母に電話（机の上にある証明書が入った封筒を見つけてもらう）→家の前に着く→玄関先で母から封筒受け取る（あなたはもう何をやってるのだらしがないんだからまったくどうして…云々言っていたが構っている暇は無いので無視）→同じタクシーで駅に向かう

道中、タクシーの運ちゃんのたまう
「今日、ずいぶん○○線のダイヤが乱れてる*みたいですねー」
は？はい？？
首筋から背中にかけて、冷た〜い汗がつたう
・・・サイアク

ホームへ続く階段を下りていると、電車が見えた。駆け込み乗車だって、こんな日には遠慮していられない。乗り込む 0.5 秒前、非情にもドア閉まる。
電車後方から覗いている車掌の方を見るも、
開けてくれたりは・・・しないですよね。
ですよね。

ダイヤが乱れてる：
首都圏のダイヤは、1つの事故や故障で広範囲のダイヤが乱れることが多い。中央線が遅れると、学生のみならず先生も学校に着けず、近所に住む学生だけが講義室で待ちぼうけをくらう。

（どこをどう見たってリクルーターが焦って電車乗ろうとしてんだからさ、空気読めよバカ！！！なんて暴言吐いて電車蹴ったりなんかしないですよ、ええ。衝動には駆られましたが）

サイアク・・・次の電車いつ来るのよ*。

次の電車いつ来るのよ：たった 3 〜 4 分の待ち時間でも、こういうときは長く感じるもの⇒ 23 頁

2006年4月16日（日） 鈴嵐

● お嫁にいった作品

こないだ初めて自分の作品が売れました。
町田にある国際版画美術館*で行われた
全国大学版画展*で。
もちろんそれには学校から選ばれた人しか
出品できないのですが、
チャリティー部門というのに出品していたのです。
私の小さな作品が！

一律 1 枚 1,000 円で販売され、
その半分が寄付されるというもの。
売れたのです。嬉しいな。
インク代などを考えればたぶん全然儲けは
無いですが、そんなこたどうでもいいのです。
作品を買ってくれた方、
どうもありがとうございます。
今年はもっと納得のいく作品を作って
また必ず出品します。

国際版画美術館：世界でも数少ない版画専門の美術館。工房やアトリエも有する。版画専攻の学生は一度は必ず訪れる。ものすごーく急な坂を下らないと行けない（帰りはその逆）。

全国大学版画展：大学版画学会が運営する展覧会。ムサビからも学生が選抜出品する。全国津々浦々の大学生の版画作品が一同に会するのでそれぞれのカラーが出て面白い。展示と同時に小作品の即販会もあり売り上げの半額が作家へ、もう半額が町田市の福祉団体へ寄付される。

2006年4月18日（火） 四輪駆動*

● 入学式〜 FuFu ♪さりげなく〜

ここ1週間ロマンチックが止まりません。
あっ間違えました。
「Romanticが止まらない*」が止まりません。
っていうのも入学式に
C-C-Bの生演奏を聞いたからなのですが
アレは毎年恒例のライブなのでしょうか？*

さすがムサビ・・・新入生ではなく
保護者の需要を優先させるとは・・・
きっと子供を安心して預けられるようにという
大学側の配慮なのでしょう。
素晴らしすぎます。
そーいえば、うちの親が入学式に同行しなかった
事に異常なまでの悔しさを表していました。
あんな母親を見たのは、買った物を自転車に
置きっぱなしにして全部盗まれた時以来ですよ。

恐るべしココナッツボーイズ！！！！！！

2006年4月19日（水） ひだまり

● 修論*への道のり。

おはようございます。
今日はゼミがある曜日だけど特例でお休み。
くもりですね。

四輪駆動／よんりんくどう：油の版画専攻1年。2006年4月から参加。突っ走る爆弾ブログ娘⇒261頁

「Romanticが止まらない」：1985年に大ヒットしたC-C-Bの曲。ドラマ「電車男」で劇中歌に使われたので若い人も知ってる曲では？はい。手羽はドンピシャ世代です。

アレは恒例のライブなのでしょうか？：
ムサビの入学式（と卒業式）は空間演出デザイン学科の教授が演出を担当していて、「式」というよりも「コンサート」「イベント」に近い。2006年度の入学式では演出を担当された教授のお知り合いということで、元C-C-Bドラマー・笠浩二さんが校歌斉唱（！）とミニライブを開催。一般的な入学式じゃないのは認めますが（笑）、毎年ライブをしてるわけではありません。ちなみにC-C-Bは「ココナッツボーイズ」の略。

↑下の方の黒いのは人の頭。ステージの高さが6メートルもあり、ほとんど写真が撮れなかった入学式。

修論：
「修士論文」の略称。

遅れてしまいましたが*、いろさん、
四輪駆動さん、うにさん、おく★ともさん
よろしくお願いします。
なかなか学部の方*とお話しする機会がないので
楽しみです！

遅れてしまいましたが：
4月16日にこの4人が新メンバーとして参加しました。

学部の方：
1年生から4年生までの、造形学部の学生のこと。大学院生とわけるときに使う。

私の日記はかるーい内容が多いので、
今回はあえてよりリアルな院生*の話を
書いてみようと思います。
自分にもイタイ内容です。
それでも読みたい方は読んでみてください。
学部の方にも通ずると思います。
院の2年間はあっというまなので、
もう目前に修論がせまっています。
提出は私のコースは12月。早いでしょう？
今はなにを書いて、どう形にするのか、それを
明確にしておかなければいけない時期です。いや、
もう書き始めているのがほんとは理想的です。

院生：
「大学院の学生」の略称。大学院は修士課程と博士課程がありますが、ひだまりさんは修士課程の2年生。

そんなわけで、2年生は焦りと不安を感じつつ
お互いの近況を報告しあっています。
学校にくる日は1年で必要な単位をとっていれば、
週2、3日くれば大丈夫。
けれど、それ以外の日をどう動くかです。
それは自分次第です。
それと同時に卒業後のことも考えます。
就職なのか、進学なのか。
就活*に専念しすぎると修論に集中できない現実も

就活：
「就職活動」の略称。

あったりで、それは本当に自分でうまくコントロールするしかないです。
私は仕事を辞めて院に入ったので、去年個人的に感じたことは、就活に追われて研究に時間をとれないのは本当にもったいないということでした。
就活はもちろん大切なことだけど、なにをしたくて院に入ったのだろうかと思ったからです。
社会で働くようになったら、自分が研究したいことのためにこんなに時間をとれることはないです。
もうそれは一生ないかもしれないと思うくらい。
すごく貴重な時間だったりします。
だから２年の計画はしっかりイメージ*しておいた方がいい。
イメージをしていても崩れる覚悟で。
私は１年前に院に入学したときに、たぶん周囲より研究テーマがはっきりしていて、
卒業後はこうなりたいなーというイメージも
わりとはっきり持っていました。
でも、１年間でむずかしいと感じることがあったり、
大きな壁が現れたりもしました。
それは自分が行動したからこそ
気がついたことだと思います。
１年は試行錯誤をしてもいいし、それは大切。
２年でいつまでも同じことをしていたら、
ろくなモノができない。
１年しか経っていないのに厳しいけれど、
先生方に何度も何度も言われる現実です。
この数日考えすぎて体にきてます。悩んで当然。

*計画はしっかりイメージ：そう考えると大学院の２年間は、濃くて短い。

でもこの苦汁を飲まないことには大きなものは
形にできないと耐えてますよ。

「5月になっても研究テーマの計画書がちゃんと
だせなかったら破門！」
2年生はこんな重しをどんどん乗せられ、
極上の漬け物になるべく頭フル回転です。
緊張感を持続できるよう、
先生たちの優しきムチです。

2006年4月20日（木） una-pina

● サイアクな日<当日(2)>

サイアクな話は今回でやっと終了です*。

やっと終了です：
⇒<当日(1)>16頁(4月16日)

…………………………………………………………………………

思いが通じたのか、次の電車は案外すぐ来ました。
面接予定時刻まで逆算すると・・・すでに黄色点
滅から赤信号に変わる瞬間・・・ぐらい。
でも、電車に乗っている間は
ジタバタしてもしょうがない。
深呼吸をしながら、
話したいことを頭の中でまとめます。

鼻から吸って、下腹部に力を入れて、ゆっくり、
口から吐いて、鼻から吸って*、下腹部に力を・・・
大丈夫大丈夫、ちゃんと整理できてる。ふう。
ふと、足許に目を落とす。

鼻から吸って：
生まれそう…。

げ。ストッキング伝線してる・・・トイレ寄ってる
暇とか無いんですけど・・・サイアク・・・

その場で履き替えたい衝動にかられましたが、
そんなことをしたら猥褻罪で捕まってムサビコム
からまた新たな犯罪者*を生んでしまうかもしれな
いので、ぐっとこらえる。
（その前に、捕まってる暇はない！）
気づかなかったフリでそのまま面接を受けるか、
到着して受付を済ませてからトイレに行くか
・・・後者だな、うん。

また新たな犯罪者：
メンバーのひとり○○○くん（仮名）が20キロオーバーのスピード違反で捕まった。罰金15000円。2点減点。その他にもムサビコム犯罪者伝説には珍念くんがいます⇒74頁

ダッシュで乗り換え。
Suica*がこの世にあって良かった。
ありがとう神様！ありがとうJR！
ありがとう文明のリキ！
ストッキングは既にやぶれているので、
気兼ねなく階段を駆け上がる。
△△線のホームに着く。
「えぇ～、ただ今、○○線の車両点検の都合により～、△△線では全線15分以上の遅れが出ております～、えぇ～、お客様には大変ご迷惑をおかけいたし・・・・」

Suica：
JR東日本が発行する非接触型ICカード。手羽はなかなかタッチアンドゴーがうまくできずに苦労したが、今じゃムーンウォークやってんじゃねーの？ってくらいスムーズに改札を通れます。

ぎゃあああああああ！！！！
こんなのアリですか？！アリなんですか？！？！
サイッアク！！！！！

一瞬フリーズしましたが、
現実逃避してる場合じゃない。
すぐに階段を駆け下り、さっき無駄に感謝して
しまった改札を抜け、タクシー乗り場へ。
ああ、まさか午前中に２台ものタクシーに乗る
なんて、思ってなかったわ私・・・

車内から面接予定の会社へ連絡。
テンパる。
焦ってる（汗ってる）ときに、
丁寧語だの社交辞令的挨拶だの喋るのは、
くしゃみを我慢するぐらい難しいです。

「あのー、今日は、いらっしゃいますか？」
（会社の方）
きゃあああ！！行きます行きます今向かってます
向かってる最中です！ます！電車が！電車が地元
の電車と△△線がストップしてて！とま、止まっ
て、動かなくなって、いまいま今！！！今向かっ
て車内でタクシーで・・・！

現地に到着すると、眺めの良い最上階へ
通されました。予定した通り、受付後トイレで
ストッキング交換に成功。
とにかく会場には着いたんだし、
もう、これ以上は何もないだろう。
とにかく落ち着いて面接に挑もう。
ん？

皆さん、何か大荷物でいらっしゃる・・・
あの一、ソレ何ですか？
この後も面接ハシゴなんですか？大変すね。
え？
作品て？ナニ？ what is sakuhin ？？
やぁだ、今日作品持ってこなくていいって
担当の方からお電話で・・・・

え？
昨日急きょ*、担当の方から連絡があって、
今日作品を持ってくるようにと？
・・・わたくし、聞いておりませんが。

昨日急きょ：
そんな大事な話を伝え忘れるわけないから、これってわざとなんでしょうね。

サ イ ア ク ！！！！！

面接が終わり、もう、風に吹かれて飛んでいって
しまいたいぐらいへろへろの午前中を終え、
帰宅しました。
そこに最後の追い打ちをかけるように
母上のお叱りが・・・普段なら、
「はい、ごもっとも、精進します」
で聞き流すのですが、
チリも積もれば山となる。
今日の私には精進もへったくれもありません。
サイアク。
頼むから、もう、いっぱいいっぱいです。

……………………………………………………

振り返ると、良い日記のネタですが、
もうカンベンです。

あ、ちなみに、サイアクな日に受けた会社から
内定を頂きました。
あははは。あははは。
なんだかもう、笑っちゃう。

2006年4月20日（木） 四輪駆動

● うほっ www

午前中の版画の必修は人物です*。
モデルが黒人のヌードって事で、
「うほっ」とか言ってましたが
ヌードっていっても普通にスパッツはいてましたよw

ですよね〜〜〜 (/´∀`*)タハッ
うん。あんまりコメントはつけません、
この事については。

モデルさんは素晴らしく足長くて細いので
立ちポーズ*が入りきりません。
ボビーの相方のアドゴニーみたいな髪型*なのに
7頭身ぐらいはあります。
どんなポーズとっても絵になります。
カッコイイ！！

そんな「うほっ」って感じの授業なんですけど

午前中の版画の必修は人物です：
「午前中の実技授業はモデルさんを描いています」という意味。

立ちポーズ：
モデルさんが立っている状態（ポーズ）を「立ちポーズ」。座っていれば「座りポーズ」、横になった状態だと「寝ポーズ」。ちなみに洋服を着てれば「コスチューム」、下着ぐらいしか着用していない場合は「セミヌード」、裸の場合は「フルヌード」。

アドゴニーみたいな髪型：
外国人タレントのアドゴニー・ロロさん。

今日は皆さん、ロマンチックだけではなく
胃の収縮も止まっておりません。
お腹で大合唱、さもなくばお腹で会話。。。。
とりあえず教室中「ぐーぐー」うるさかったです*。

正直、昨日の昼飯から食べていなかった*私は
超特大の収縮音を、教室に鳴り響かせてたわけですが、どうやら音を鳴らしているのは私だけではなかったので、そんな事はおかまいなしに
クロッキーを続けていました。

ところが突然
ゴゴゴゴゴゴゴゴゴォォォォォ〜〜〜
Iɪ━━━━━(ﾟÅﾟ;)━━━━━!!?
な、なんだこの音は
・・・地球まで収縮しだしたというのか？
どっかからゴジラがでてきそうなほどの地響きです。

私より胃に何も入って無い人がいるらしく、
お腹から凄い悲鳴あげているのが
聞こえてきました。いったい誰の悲鳴なんだ・・・

授業も終わり、数人で話していると
やっぱりこんな会話。

「私お腹なっちゃた〜」
「うちもうちも〜ww」
「あたしなんか超長いの鳴っちゃった〜www」

「ぐーぐー」うるさかったです：
アトリエは天井が高いから音がよく響く。

昨日の昼飯から食べていなかった：
遅くまで工房で課題→帰宅してすぐ倒れこんで熟睡→寝坊！？→顔を水でこする程度で出発。9時ぴったりに学校へ滑り込む→昼まで実技の授業。というパターンで、腹が鳴るわけである。

「今日みんな凄かったよね～」
「ねぇ～」

・・・・・この中にあの音の犯人がいると思うと
人はみかけによらないな
・・・と、つくづく思います。

2006年4月23日（日） 凡々

● ショーなんです

ファッションショー、チープシック*の
スケジュールはなかなかハードです。
そしてファッションデザインコースは
実はグループ制作のような感じ。
もちろん制作は個人ですが、ショーなどは
大勢で作り上げるものなんで、
なかなか進めるのは大変です。
いろんな意見があることはいいことで、1人じゃ
思いつきもしない方向に事が進んだりします。
で、そこから自分でも膨らませていくことが
できる楽しさを、今回感じています。
んが、最終的に1つのことが決まるまでに
時間がかかるのが難点です。
クラス全員が100%満足することも
不可能なんで、そこも気になるところです。
何だってそうなんですが、、、、。

チープシックは早くからやることがたっくさん

ファッションショー、チープシック：
凡々さんが所属する空間演出デザイン学科では授業の一環としてファッションショーを行う。そのショーのタイトルが「チープシック」、これを主軸として、ファッションデザインコース3年生の1年間が展開される。

あります。外部のお客様もお呼びするので、
DM*やらポスターやらを早くつくるのです。
さらにモデルをハント！ハント！
今年のファッションクラスは人数が多いので、
モデルはたくさん必要です。
そしてショー全体の演出、音響、照明、人の動き、
Webスペース*で展示もあるのでその計画、、、、

DM：
ダイレクトメール（Direct Mail）の略。展示や個展を開くときに出すお知らせ。

Webスペース：
9号館1階にマッキントッシュが40台並んでるフリースペース。「誰でも使っていい」と一瞬ムサビの懐のでかさを感じるが、キーボード・マウスにいたるまで鍵でガシガシに固定されている。両サイドから自然光の入るここは、展示にも利用される。

もりもりだくさんです。
てんこもり。
もりつながりで、昨日の夕飯のお話を。
昨日初めてお店ですき焼きを食べました。
ご飯半分で注文したんですが、普通もり。
ちょっ！店員さんっ。
お肉ももりもりもりもり食べましたよ。
おふを入れたら不評でした。
これはお吸い物用のおふだったのが悪いと思うんですよ、割りしたをぐんぐん吸い取ったあいつは、
なかなかのくせもの。
小さくたっていっちょまえ。
肉厚な丸ふを切ったのだと、おいしいんですっ。
我が家もそうだという人大募集。

2006年4月27日（木） 凡々

● 予告日記

朝更新したものが、文字化けしてしまったので
書き直しです。くう。

＜今朝までのあらすじ＞
朝、今日がデザイン画講評*であることを
日記に書いた凡々。
担当の天野先生*が厳しくいくよとおっしゃって
いたことに、ちょっぴりビビりつつも
デザイン画講評へとのぞむ。
今回は登校前にスケジュールを書き、後で結果を
報告するという日記にチャレンジする凡々。
いってきますと書き残した凡々の講評は
どうだったのかっ！？

で、つづきです。上の文に比べてだいぶあっさり。
突然の文字化けにテンションを上げないと
対応できませんでした。

みんなで授業開始前に壁にデザイン画をはり出すんですが、みんなそれぞれテイストの違う画風なので、そこもまた楽しめます。
あ、この子の絵ってこんな感じなんだねっと。
意外な人がかわいい絵だったりします。笑

２年次の課題で、絵本を作るというものがあったのですが、この時も同じことを感じました。
美大生は意外に、友達がどんな絵を描くのか
知らない場合が結構あるのです。
ファイン*の方は違うと思うのですが、、、。
空デの場合は作品が模型だったり光だったりする*
ので、特にそうなのかもしれません。

講評：
作品について教員等が学生の前で批評（評価）する場。作ったものを批判された経験が少ない人は泣く。ずらりと作品を並べたられただけで泣く人も…。

天野先生：
天野勝教授（空間演出デザイン学科）。ファッションデザイナー。

ファイン：
ファインアート（fine art）。純粋芸術・純粋美術と訳され、日本画・油絵・版画・彫刻・陶芸などを指す。美大ではそれらの学科を「ファイン系」「美術系」と呼ぶ。

光だったりする：
光と影によって空間を作ることも立派な空間演出。ちなみに照明デザイナーである空デ・面出薫教授は東京国際フォーラム、JR京都駅、せんだいメディアテーク、六本木ヒルズ、表参道アカリウムの照明計画を担当された。

さてさて、今日の講評の話ですが、
思ったほど時間はかからずスイスイ進行。
半分くらいの人が発表しました。
人のを聞いていて、早く実物がみたいなー、
なんて思いました。
自分もやるってことを忘れて単純にワクワク。

チープシックは１人１人がブランドを
立ち上げるという課題なので、
ロゴやプライスのタグなども考えるので、それも
同時進行で作っていかなきゃーならんせん。
そして明日までに曲（ウォーキング*中の）を
きめなきゃーならんせん。
明日は講評の後編です。
早くみんなのがみたいです。
なんだかただのチープシックファンみたいに
なっている気がします。笑
こう言っていられるのも今のうち？
いや、もうこんなこと言っている時期では
ないような気がします。

ウォーキング：
ファッションショーのステージでモデルさんが歩くこと。そのときの音楽選曲はもちろん、ショーの構成、衣装の撮影やカタログ製作など、ファッションデザインとは衣服のデザインだけではないのです。

5月 ゴールデンウィーク、地味に課題いっぱいあるね

2006年5月2日（火） tank*

● うう〜ん表現の悩み

就職活動のこと、書きたいけど、
書きたいから、書き溜めてるけど
書きにくいな。。。。。。。
だって tank って、結構きつい書き方しちゃうから、大丈夫なのかなとか思っちゃうんだけど。

tank／タンク：
基礎デの4年。2003年6月から参加。赤メガネが目印
⇒ 259頁

かなり前ですけど、長澤先生*の授業のこと書いたじゃないですか？あのくらいは全然いいかなって思って・・・
というかむしろ自分では「面白い表現」だと思って書いていて中傷する気は全くなかったんだけど
「そういう書き方はよくないです」って言われちゃったじゃん。今更だけど、そういう表現の違いに、最近結構悩んでるなぁ・・・

長澤先生：
長澤忠徳教授（デザイン情報学科）。ハイテンションな授業は人気が高く、長澤先生の話を聞くと元気をもらえる反面、若さを先生に吸い取られてるような気も…。「長澤先生の授業のことを書いた」とは、tankさんが以前「暴言授業」というタイトルで授業を紹介したところ、「暴言って言葉はどうかと思う」とコメント欄に書かれたことがあった。

さぁこのブログ始まって以来の、
美大生らしい悩みですよ！！

例えば tank はこういう考え方なんですね。

a.「tankって、目が超カワイイよね～！！」
b.「tankは顔はイマイチだけど、目はすごく可愛いよ。」

この2つだったら、b.のほうが本当に褒められた気がして嬉しい。
ただひたすらに褒められるより、
tankのことを本当に見てくれてる気がする！
それにリアクションもしやすいんだよね。
「でも、顔はイマイチなんじゃん！駄目じゃん！(笑)」みたいな。
そういう考えの人が少ないことは知っていたけど、
まさかここまで少ないとは思わなかった！
今のとこ、この価値観を共有できる人には3人くらいしか[*]会ったことがない。

3人くらいしか：3人もわかってくれれば充分幸せなんだけどね。

そこで何が困るかって言うと「tankは何でも嫌い」っていう風に勘違いされること。
例えば、皆が「デスノート」の話をしているとするよね。皆はもちろん「デスノート」が好きだからその話をしているんだろうし、tankももちろん好きだからその話に加わっている訳で。
その中で、tankがちょっとでも「でもさー、デスノの○○なところは訳分かんないよね！」とか「あの話はあんま好きじゃなかったなー」とかって言うと、「tankはデスノ嫌いなんだね」って言われるんだよね。
いやいやいやいや！一部を批判しただけだから！
もちろんすごい面白いから好きだけど、

ここはちょっとねって話をしただけだから！
嫌いなんて一言も言ってないよ！
どうも大勢の人は、「一部を否定すること」は、
「全部を否定すること」と考えているようなのです。
tank にとって、それは「最も良い褒め方」なんですが、自分の思っているよりも遥かにそれを受け入れてくれる人は少ないみたいですね。
（ぶっちゃけ別のブログやってた時に、○ンプオブチキンの曲についてそういう褒め方をしたら、中傷と受け取られて沢山人がやってきたことがありましたよ。2の方角*から。）

2の方角：
2ちゃんねるの…。

そういう、tank の表現の仕方が少数派だということ＝大勢の人に誤解を生む表現であったってことを考えると、長澤先生に顔バレしてるのはやっぱり問題な訳でして・・・
（つい最近エレベーターで長澤先生に会ったら、tank が書いたってことバレてたんだよね！）
本当にすいませんでした。今度実家のワンタンでも持って、お詫びしに行きます。

まぁ、これからは、ちょっとだけ、
本当にちょっとだけ、極めてちょっとだけ、
気をつけていきたいと思います。
だってのびのび書きたいも～ん！！

だから就活のことも、
気をつけて書くから許してね*？

許してね：
tank さんはその後、就活について詳しく書いていませんが、2007 年 3 月 31 日の日記によりますと無事にゲーム業界の企画職に内定したとか⇒ 251 頁

2006年5月2日（火） 凡々

● それは突然嵐のように

朝は大変な嵐でしたね。
とはいえ、超晴れ女の凡々が家を出る時には
ほとんど上がっていました。
刻々とショーが近づいております*。
近づけば近づくほど
必要なことが増している
気がします。
それだけ現実味を帯びてきているという
ことでしょうか。

今日はモデルさんとの対面日でした。
モデルさんはみんなで集めたムサビの学生です。
みんなスタイルいーなー。
かっこいいなー。
ついついジロジロ見てしまいます。

今日電車で夢を見るほど深く（浅く？）寝ていたら、
隣の知らないおにーさんが終点で
とんとんって起こしてくれました。笑
優しい人がいるものです。
おかげで乗りたかった電車に乗れました。
寝ぼけてて、お礼を言えなかったのが心残りです。
ありがとうメガネのおにーさん！
注：↑手○さんではありません*。

*刻々とショーが近づいております：⇒29頁（4月23日）、30頁（4月27日）

*手○さんではありません：手羽はバリバリのメガネ男です。思うんですけどメガネ男子ブームとかそういうのは本当に勘弁して欲しいですよね。ブームが終わるとメガネは流行遅れってことじゃないですか。普段使ってるものを流行にされると困るんです。確かにこれまでメガネ男は不遇な時代が続いていましたから（以下長くなりそうなので略）。

2006年5月3日（水） mooe*

mooe／ムゥーエ：
デ情3年。2004年4月から参加。元・芸術祭実行委員長⇒260頁

● 近況

朝はちゃんと1限から出て、夕方からバイトで、
深夜帰宅な生活を続けています。
先週は、1週間を通して無欠席でした！！！
パンパカパーン！！！

パンパカパーンじゃねーよ、て感じだけど、
2年まで単位を落としまくったがゆえ、
相当本気です。
そして、ごめんなさいテバさん、
いつもこんな日記で。泣
さあ今月も無欠席でいこう。

以下雑文集

- 毎晩バイト帰りに「R25式モバイル」でプロ野球速報をチェックするのが日課。
- G.G.佐藤が開幕は調子良かったのに今はカブレラですね。無常。寂しい。
- デ情の清里合宿*楽しかったさ！
  来年も行くあるよ！
- SA*バイトが楽しいけど今週はお休み。
  旅行行きます。
- 昔の恋人のライブに行ったら助手さんがいた件について。
- 今日は小学校友達と秋川でバーベキューでした！！

清里合宿：
ムサビは国内では清里・奈良・五箇山に厚生施設があり、サークルやゼミの合宿などでよく使う。

SA：
スチューデントアシスタント。学生による授業補助スタッフ。

・ゴールデンウィーク、地味に課題いっぱいあるね。
・健康ゆえ、常に眠いです。

2006年5月6日(土)　ニア

● 社会を遵守するか授業料を案じるか

今日 10 時にバイト先に行きました。
仕込みなどを手伝いに行ったのです。
実は今日、学校があったんです、
1 時限から 5 時限までびっしりと。
それに気づいたのが夜寝る前。
バイトのシフト表にはしっかりと
10 時から 5 時までと書き込んでありました。
GW だから土曜も休みじゃろ*、
と気軽に考えていたのが甘かった。
しかし当日休みます、というのも、バイトはじめて 2 日目だし、印象悪いだろということで
泣く泣くバイトに行きました。
土曜はとても楽しい授業がたくさんあって、
本当に学校行きたかったな・・・と思いながら
仕込みやってるおっちゃんに
「今日本当は学校あったんですよねぇぇ」
とおろし大根を丸めてセットしていると
「じゃあ、行きなよ、店長に言ってさ」
と軽く了承。
えええ、いいんすか！？言ってみるもんですね。
(私普通に不要人材なんだろう)
店長も、苦笑しながら、いいよ、とオッケーでした。

GW だから土曜も休み…：当然といえば当然ですがムサビは GW に挟まれた日でも普通に授業がある。土曜であっても必修の授業があります。うっかり長期実家に帰る予定を立てないように。

ほんで、遅刻しながらもチャリを飛ばし、
2限目から出ることができました。
2限目は初めての視デの選択授業[*]で、楽しみにしていたので、本当授業出られてよかった。
（私以外はみんな出席していたから、凄い）
そこで最後にアンケートを書かされたのですが、
質問の1つに「将来の目標は？」とあったので
散々考えた挙句
「村上春樹のような作家になりたい」
と書いてしまったことに後悔。
かなり本音なのですが、浅はかでしょ？
ただでさえ少人数なのにこういうこと書いて相手にされなかったらどうしよう、って不安です。
文が書けない。
・・・言葉が見つからないのです。
この前の小説書いていた時とは頭が違う気がする。
月曜にレポート出さなきゃいけないのに。

選択授業：
必修科目の中には、自分で選択できるものがあり、ここでは「選択授業」と称している。3年の選択授業は、専門性がぐっと高くなるので、土曜日だろうと学生の期待とやる気は満々。

2006年5月7日（日） ひだまり

● 名残惜しや。

ゴールデンウィークもおわりですね。
あっというまに夏がやってきそう。
修論どうしよう。まだまだ悩みはつきません[*]。
ゴールデンウィーク中にも実家近くの図書館で
ゼミの資料を探していたりしました。
が、難解。
そして、探している資料がない。

悩みはつきません：
⇒ 20頁（4月19日）

もー。
なんだかこの１週間ずっと右目が充血している
のが気になってます。
母に「顔がみどりになってる」と言われました。
本気で。
みどりって、妖怪じゃないはずなのに！
そんなゴールデンウィーク。
昨日自転車に乗って爽快だったけど、
頭から脳みそがこぼれ落ちてそうな気分です。

今日は母からもらった
青じその苗とお花の種を植えました。
芽がでてくるのが楽しみ。
朝の水やりも楽しめそうです。
ちょっときれいに咲いた花はカットして
濃紺の瓶にさして部屋に飾ります。
今はオレンジと黄色の花を飾っています。
実は濃紺の瓶は日本酒の空き瓶だったりします。
日本酒の味は好きだけど、
とにかくアルコールに弱い。
真っ赤になって心臓がバクバクしてしまうので
飲酒禁止令を母にだされてます。

お酒は家では一滴も飲まない私。
飲みたいとも感じないところがお子様です。
ビールのCMや広告を見ても
なにも感じないのでおもしろくないです。
冷えたビールで１杯*カーッ、みたいな、

冷えたビールで１杯：
あとは枝豆があれば十分。
おいしいのになあ。

ありえない。なめるくらいです。
夏場に炭酸を飲む機会もほとんどないです。
嫌いじゃないのになんでだろう。
でもこの日本酒の濃紺の小さな瓶は
使えそうだったので買ってしまいました。
ラベルを全部引き剥がして
誰も日本酒の瓶とはわかるまいって感じです。
中身は料理に使いましたよ。
飲み会の場は好きです。
ただ家に帰る自信がないだけです。
甘酒でも酔えます。
お酒が入ると楽しくなって揺れるのが癖です。
誰か止めて。

名残惜しいゴールデンウィークの記念の１枚。

2006年5月8日（月） 四輪駆動

● 初版～ツナギへの思い～

最近美大生であることを忘れ気味ですが
久しぶりの版画のエントリー*です。

エントリー：
ブログの記事のこと。ブログを書くことを「エントリーを投稿する」と使ったりする。

先日やっとデッサンも終わって銅版*に移りました。
時間に余裕のあるファインは、
長時間かけて１つの作品を仕上げられるので、
かれこれ３週間はモデルさん描いてました。
受験の時は６時間で仕上げてたっていうのに
なんだこの余裕・・・
まぁそれが良くてファインの道に進んだんで
嬉しい限りです。

銅版：
銅版画の実習。

そんでもって銅版の授業開始。
ほとんどの人がツナギ*を着ていました。
もぅ「テレピン*は香水じゃないんだよ！！」
なんて心の中で叫ぶ事も無いと思うと
なんだか悲しいです・・・

ツナギ：
美大ではツナギ派かエプロン派に分かれる。

テレピン：
油絵を描くときに使う溶き油。

ちなみに版画なのに、みんなのツナギに絵の具が
いっぱいついてるって事について。
触れてはいけない過去の事のように*、
誰も触れて無かったので
あえてこの場を借りまして語らせて頂きます。

触れてはいけない過去の事のように：
まー、つまりですね…過去に、油絵専攻も受験したってことですね…。

そう、あの頃は

「汚れてないツナギは、作業服とは呼ばない」
みたいな妙な恥ずかしさがあって*、
必死にツナギで筆を拭いていた人も
多かったんじゃないかと思います。
ちなみに私はムサビの受験の時買いました。
我ながら何で 1 回の受験で
こんな中途半端に汚してしまったのかと
後悔しています。

妙な恥ずかしさがあって：
ツナギがきれいだと受験のときに初心者だと思われるので、こういうことをやるんです。不思議な世界でしょ？

ちなみに油は
「汚れてなんぼ」みたいな感じですが、版画は
「綺麗じゃなきゃあきまへんで」って感じなので、
後かたづけの掃除は
結構キッチリやることにびっくりしました。

やっぱ普通に考えて
汚れてるのがカッコイイって事は無いですよ。
未だに生存しているヤマンバ*を見て、
つくづく感じる今日この頃・・・・・・・・

ヤマンバ：
ネガポジ逆転してるようなメイクをした人。

2006年5月11日（木） ELK*

● neon

すっかり間が開いてしまいましたが、
ゼミは希望通りに上位 3 つ*を履修することが
できました。
そんでもって、ケータイを neon にしました。
ムサビ内ではあんまり見かけない neon。

ELK／エルク：
基礎デ 3 年。2004 年 10 月から参加。スガシカオ似？
⇒ 259 頁

上位 3 つ：
基礎デザイン学科では重複してゼミを受けることができる。

INFOBAR くらい流行るかと思ったが。
深澤先生*も黒をもっていましたよ。
おそろいおそろい。

昨日、伊東先生*の教育学の時間に聞いた話。
「部屋が散らかっているというのには 2 つの要因があって、ひとつは、汚くってもそれが気にならないから。もうひとつは、どうせ片付けるなら完璧に仕上げたいので、中途半端に手を出せないから」だそうな。

深澤先生：
深澤直人教授（基礎デザイン学科）。プロダクトデザイナー。この日記に出てくる携帯電話「neon」「INFOBAR」をデザイン。

伊東先生：
伊東毅教授（教職課程）

自分は後者だと信じたい。
モチベーションさえ保てれば綺麗好きなのだと。
同じ事を日記にも言えるなぁと思いました。
どうせ書くなら、
とっても面白い事を書きたいと！

ネタがまとまったらすごいのだと。
だから続かない・・・のだと。

2006年5月16日（火）　赤岩*

● ダイソーにて

ちびくろ*用に色画用紙を買おうとしたら、6 枚パックのものが 42 色ありました（数は不確か）。
侮りがたし百円均一。
大きい店舗なら種類も豊富でした。
しかも色名を見ると「ときいろ」「きぬいろ」「ぎ

赤岩／あかいわ：
彫刻 2 年。2005 年 4 月から参加。悩める彫刻家の卵。
⇒ 258 頁

ちびくろ：
正式名称「造形教育研究会アトリエちびくろ」。ムサビ生と大学周辺の小学生が一緒になって楽しいことをやっていこう！というサークル。

んねずみ」など、結構繊細なわけ方をしている模様。
まぁ、40種類以上あるのだから当たり前だろうけど。
でもさすがに全種類は買えないなぁ、繊細な色をそこまでこだわって使うかなぁ…という自己判断で12色で1冊のセット＋それ以外のαを買うことに。基本的な色は切らさない方針で。
そしたら…「オレンジ」とか「青」とかの基本色の色味が前出のパックと相当違う事が発覚。
作っているメーカーが違うのだろうし、そこまで厳密にこだわることもあまりないとは思うけど…
色名による共通認識*って結構難しいと実感。
（何か論点が違うかな？うまく表現できない…）
と、一通り買い物を終えたあと
クロッキー帳に残したメモを見てみたら、
「原色以外あったらうれしい」

色名による共通認識：同じ「青」でも人によってイメージする色が微妙に違うわけで、メーカーが違えば同じ色ってことはほとんどありえない。

…自分のばかやろう。何で早くに見なかったんだ。
むしろ「ときいろ」とかの
繊細な色が必要だったじゃん。

2006年5月23日（火）　鈴嵐

● 牛骨展

課外センターの展示室*にて、牛骨展という展示が行われています。
油絵学科4年生と助手さんによる展示です。
私は参加していませんが、とても好きです。

課外センターの展示室：鷹の台ホールB棟。展示室の他、サークルボックス（部室）、写真暗室・撮影スタジオ・音楽スタジオ・会議室等がある。ちなみにこの展示室でドラマ「東京タワー」の学内展示シーンが撮影されました⇒262頁だって牛骨です。
F15*の牛骨の絵が一心不乱にうわーーーって、
壁一面に。面白いと思いませんか？
なんかバカみたいなノリで
「壁一面に牛骨とか超いい」
みたいな一言から始まったような
そんなどーでもいいような雰囲気でいながら、
カチッとしたDMを作り、ウェブも立ち上げ、
整然と並べられた牛骨たち*。
でもね今日聞かれたんです。芸文の人に。
「ねぇ、なんで牛骨なの？」って。

！！！！！
ばかばか！牛骨っていったら、
牛骨っていったら、
油の受験とは切っても切れないモチーフじゃないの
「誰しもが必ず、予備校で描いたことのあるモチーフで、F15なのは、入試のときのキャンバスのサイズなんだと思うよ」と教えました。
そしたら彼はやっと、
「だから“今ふたたびあのモチーフに向かいます*”なんだね」って。
「俺、今までにも牛骨展があったってことなのかなって思ってた」って。
こちらとしては、何のこと？だけど、
あちらとしても、何のこと？らしい。

その人がちょっとアレだから

F15：
キャンバスのサイズ。
652 × 530 mm。ちなみにFはfigure（人物）のF。
縦横の長さが人物を構成しやすい比率になっている。

整然と並べられた牛骨たち:

↑加藤好旦さんの牛骨作品。
↓「牛骨展」はこちらです。
http://gyu-kotsu.net/

今ふたたびあのモチーフに向かいます：
牛骨展のキャッチコピー。

知らないのかとも思ったのだけど、
そこにいた他の芸文生 2 人も、映像の子も、
「へーそうなんだ、だからああいう DM なんだね」
って。
彼らはあの DM の存在を知っていたようなので、
それなら言わずもがな伝わってると思ったのです、
十二分に。見りゃわかるじゃん、なのです。

でもあの感覚は、ファインの、ひょっとしたら
油絵の学生特有の感覚なのかもしれないですね。

入試のモチーフから石膏デッサンが絶滅しかけて
る今も、なんか、牛骨は別だよと言わんばかりに、
なんとなく描かされるアレ。
鉛筆でも木炭でも油でも*描かされるアレ。
嫌でもぴんとくる F15。
思い出さずにはいられないのです。
あのときの気持ちとかにおいとか。
それこそ私はムサビの入試前日に描かされて*、
うまく描けなくて泣いたりしました。
あの人なんであんな細かいヒビまで
おえるんだろう目いいのかなーとか、
なんでガラス越しに対面した 2 頭の牛骨なんか
描かなきゃいけないんだろうとか。
なんで任意の果物と組み合わせなきゃ
いけないのかとか。

鉛筆でも木炭でも油でも：鉛筆によるデッサンでも、木炭を使ってのデッサンでも、そして油絵でも…という意味です。

描かされて：美術系予備校では前日まで絵を描かされます。

スルメ・・・石・・・縄・・・炭・・・タイヤ・・・

紙コップ・・・ビール瓶・・・ボルト・・・ブロック・・・卵・・・ゴルフボール・・・ピンポン玉・・・エビアン・・・・・・そんなふうな、
「あぁ、昔描いた描いた！」って話題にのぼる
モチーフの代表選手*のような感じです、牛骨は。
現役の私でも4、5回は描いた記憶がありますから、
浪人してれば尚更、嫌な思い出もいい思い出も
あるんじゃないでしょうか。

*モチーフの代表選手：そのほかにもワイン瓶、レモン、アボカド、リンゴ、チェック柄の布等。さんざん描いたのは石膏像。ジョルジョさんの困った顔が好きでした。

でもあの展示室は、あの時こうしたかったとか、
入試を気にしないで今はやっと楽しく描けるとか、
なんか楽しいからこーしようとか、
いーじゃんいーじゃん
ていうてきとーにリラックスした感じとか、
伝わってくる気がするんです。
ぶわーってくるのです。
趣旨としてはもっと壁一面ぎっちり
埋めたかったんだろうな、とは思いますが、
まとまりのない油であそこまでやったことが
既に素敵だし、
1枚1枚は好きなものがたくさんありました。
制作者を知る人も知らない人も、
何度か観に行くと尚楽しいと思います。

好きです、ああいう肩の力の抜き加減。
牛骨笑ってみえるんだもん。
なんかかわいいですよ。
続編とかあったらいいな。

6月 ダメな美大生の典型をやろうとしたら・・・

2006年6月7日（水） 鈴嵐

● わかわかしい！

うちの高校*のチアリーディング部は全国1位で
モスクワ遠征とかするくらいうまいのです。
共学校とはいえ女子対男子の比率が
6：1くらいで恐ろしく女子が多いので、
人材が豊富なのです。

うちの高校：
鈴嵐さんは教育実習中で母校にいるのです。教育実習とは、教員免許取得のために小中高校等で現地実習を行うこと。手羽も教育実習経験者。最終日に大泣きしました。

そして今日の昼休み、チアっ子たちの発表会が
体育館でありました。
3年生がもうすぐ引退なのだそう。
それがもうすごいんだからー！
ほんとちょっと泣けたました。るるる。
なつかしの blue! and gold! のかけごえ。
片足つかまれただけとかで
3段ピラミッドの頂点で飛んだり跳ねたり。
SHR*を受け持っている2年生の子が
お昼休み観に来てくださいとか
あと美術の授業の子が、
先生観に来てくれたの！？
って言ってくれたりして、それで観に行ったら

SHR：
「ショートホームルーム」の略称。

2人ともトップ（←組み体操のてっぺん級にえらくて目立つ役）やってるのです（ちなみにトップは45キロ以下じゃないといけないのです）
泣いちゃうよ。
あふれんばかりの若さにうわーーーって
どこに出しても恥ずかしくない
お嫁さんを見るような気持ちでした。

今日は1、2限しかなかったので
たずねてくる美大進学希望者の子達と
お話をしたり、アドバイスなどしていました。
10人前後は美大に行くので。

1、2限はしぬほど強烈でした。
くたくたです。

2006年6月7日（水） 赤岩

● ねーんど

日曜日にまたまたちびくろの活動。
この日は陶土*で作品を作りました。
あとで野焼*をするためのものです。
一緒にやった1年生の子、油粘土*のようには取り扱えない陶土に苦戦したのか、山の天気の如く気分が移り変わってしまってサポート側は一苦労。

コップ作りたい→手びねり*で作ろうとしてもうまくいかない→飽きる→今度は人形を作りたい→大

陶土：
焼くと固まる粘土。陶磁器に適している。

野焼：
地面に穴をほり、そこに火を入れ焼き物を作ること。

油粘土：
油成分を使った粘土。固まりにくいので造作しやすい。水粘土もある。

手びねり：
粘土を手でひねって成形する方法。

まかな形を作る→でもそのあと中を中空にするのがめんどくさそう（？）→やっぱやめた…

で、その子は結局小さいお寿司を２個作って終了。
うーん、煮え切らなかったかな？残念そう。
野焼の日は盛り上がって欲しいな。
ちなみに自分は、その子の残した粘土をもらってお皿を作りました。
ただし、底にはおじさんの顔の浮彫と、
やや痛い自作の散文が描かれています（苦笑）

2006年6月11日（日） tank

● さて、そろそろ卒業制作のことを
考えなくちゃね。来週には中間プレゼン*だ！
tank は板東ゼミ*に入ったんですが、友達にそのことを言ったら「うわー超似合ってるね！」と言われました。嬉しいです。
嬉しいけど「うわー」のところの含みが気になりますね。嬉しいけど。
んで、板東教授と卒制*のテーマについて話していると、ズヴァリとこう言われました。
教授「君は、形としてのデザインっていうか、
いわゆるプロダクトに興味ないでしょ？」

なんで分かったんですか？

あ、いやいや興味ないは言いすぎですけどね。

中間プレゼン：
「中間プレゼンテーション」の意味。制作途中段階でそこにいたった過程や今後の制作方針を報告する。

板東ゼミ：
板東孝明教授（基礎デザイン学科）。ムサビ 80 周年記念マークは bando design ↓

卒制：
「卒業制作」の略称。「ソツセイ」とも書く。4 年生の頻出用語。

興味はあります。でも、自分で作るってなると、
ちょっと違うなー、というか、向いてないなー、
というか、できる気がしない、と思うだけです。
教授「やっぱりそうかぁ～。基礎デで良かったね」
はい、私もとってもそう思います。
基礎デで良かった……本当に。
で、卒制のテーマですが、1年間やるものだから、
それが苦痛にならないものを思いっきりやりたい
なぁーと思って、
ここ1週間の自分の行動を観察していたら
ネットばっかりしてました*。

ネットばっかりしてました：
課題をやろうとPCを起動し、苦悩するうち、いつの間にかインターネットを見てしまう病気。結果やたら雑学が増えるという効果もあり、ネタ探しということで正当化する傾向がある。

喰っちゃ寝、じゃなくて、喰っちゃネット。
喰っちゃネット喰っちゃネット喰っちゃネット！
やぁべぇ～……この行為から卒制のテーマが
生まれればいいんだけどなぁ。。。

2006年6月13日（火） koko*

● kokoはホームシックにかかった！
kokoはお母さんのハンバーグが食べたい・・・。

koko／ココ：
基礎デ1年。2006年6月から参加。ゲームネタ多し。
⇒259頁

すいませんマザー2*とか知らないよね、うん。
とっても好きなゲームでした。

マザー2：
ゲーム「MOTHER2 ギーグの逆襲」。独特の世界観、ストーリーの奥深さからファンが多い。

学校帰りにダイエーに寄り、
食料調達に行ったのですが。
入ってすぐ、段ボールの山。

中身はスイカ。そして。お名前。

「八街西瓜」
や・・・・・・や、や、やちまた！！！！！！！！！！
おらの故郷だっぺさ！

んだぁ懐かしすぎて
その場でうるうるしちまっただよ。
だって、だって。
私の住んでたところから、
トラックに乗ってやってきたんだよ！
西瓜相手に馬鹿だと思いますが、
なんか「おかえり」って言われたような気がして。
そういえば、家族にずっと会ってない。
とか。

思い始めたら止まらなくなっちゃいまして。
八街は千葉にあります。
成田の近く、と言えば想像しやすいですかね。
帰ろうと思えば簡単に帰れる距離。
この距離が逆に厄介な訳です。
これは帰れない。
帰る訳にはいかない。

帰ったら二度と戻らなさそう。心地よすぎて。
思いっきり「上京しました！」なら
また別なんだろうなぁ。
参った。

2006年6月16日（金）　赤岩

● 間をはずす男・赤岩

実は作品がピンチ気味の赤岩。
今日がモデルさんの最終ポーズなので
駆け足で作ってしまおうと、
ダメな美大生の典型をやろうとしていたら…。
今朝から予報どおりの大雨。
同じアパートの予備校生とはなしているとき
「9時までに大雨警報が出てれば休講なんだけど*、
そしたら作品が間に合わないよ～」
なんていっていたら。

発令されていました。
「6時22分 多摩北部 大雨洪水警報発令」
（情報ソース：Yahoo! 天気情報）

大雨警報が出てれば休講なんだけど：
これは間違い。午前中が休講になるのは午前6時に「暴風・暴風雪・大雪」の気象警報が多摩北部に出た場合のみ。大雨警報ではムサビは休講にはなりません。

のーーーーーーーーーーーーん！！

（↑某先輩の真似）
作品が間に合わない…ていうか
明日の公開講評*はどうするのだ？
大丈夫か彫刻学科。

公開講評：
「講評」とは作品の発表・採点がされる場。近づくに連れて明日が怖くなる…。デザイン系学科でのプレゼンテーションにあたる。人ごとだと楽しいから不思議。通常、講評風景は外部の人が見ることができないが、公開することがある。

おまけにさ、サークルで出さなくてはならない
速達郵便があってさ。
その現物が部室なんだよね。
早く行かなきゃだよね。

午前中は学校があいていると信じて、
行って来ます。
教訓。作品は「早め早めに」作っていきましょう。
…大学生にもなってそれができない自分って
（汗）。

2006年6月16日（金）　凡々

● デジ

今日、他学科の教室にいきました。
エレベーターに乗り教室に行くっていう習慣が、
空デ生はゼロなので妙な感じでした。
空デ生の使う建物*にはエレベーターがありません。
4階までも階段です。
たしかワンゲル*の体力作りに7号館の階段が
使われていたような気がします。
トレーニング用の階段を日常で使用する空デ生、、。
大きな荷物で上り下りする空デ生、、、。
重たい机を1階まで運べと言われることもある
空デ生、、、、、、

そろそろわかっていただけたでしょうか。
チャラそうだというイメージのあるらしい空デ生は、
地味に日々苦労してます。
エレベーターを使える科がそりゃーもう、
うらやましいですよ。
地デジレベルのうらやましさですよ。
でもねー、空デの教室のある7号館や10号館って

空デ生の使う建物：
10号館と7号館⇒262頁。
7号館の設計は芦原義信名誉教授（1965年竣工、4階建）、10号館は竹山実名誉教授の設計（1981年竣工、4階建）。芦原先生は銀座ソニービル、竹山先生は渋谷109の設計者です（自慢？いえ御紹介まで）。
↓いつも空を感じる10号館

ワンゲル：
サークル「ワンダーフォーゲル部」の略称。登山部。

エレベーターが似合わないんですよね。
見慣れているせいなのかわかりませんが、
そうなんですよ。
あれにエレベーターがついたところで白黒テレビに
地デジが、、。みたいな話ですね。
ずいぶん地デジを話にだしてみてますが、
特に意味はないです。
あー、テレビが欲しい、、、。

2006年6月17日（土） ELK

● オーキャンだよ

オープンキャンパス*初日、どうでしたかー
僕は授業がたくさんあったので
あんまり見て回れてないです。
でもお祭りムードで楽しいね。
ELKはおきなまろ*さんと共に、
手羽さんの従順な手下*となって働いております。
黄バッグに冊子を詰め込んだり、
パネルを設置したりetc...
インフォメーションセンターで作業をしてたので、
エンドレスで流れている映画ハチクロ予告編*の
音楽やセリフが頭に染み付いて
離れなくなりそうです。

「人が恋に落ちる瞬間を、はじめて見てしまった」
「はぐちゃん、俺は…」
って何回言ってんだー！みたいな。

オープンキャンパス：
授業公開や見学ツアーなど、大学を感じてもらうためのイベント。ムサビは例年6月中旬に2日間開催。ちなみにキャッチコピーは「日常が想像以上！」

おきなまろ：
卒業後、ムサビ内の某研究室で働いている、居残りムサビ日記ライター第1号
⇒240、241頁

手羽さんの従順な手下：
手羽の手先、通称「手羽先」。企画広報課のアルバイトとして、オープンキャンパスの準備や、当日の案内係、その後の片づけなど、おそろいのTシャツでかいがいしく働く学生のこと。

映画ハチクロ予告編：
羽海野チカ原作のマンガ「ハチミツとクローバー」（通称ハチクロ）が実写映画化され、2006年夏に公開。ムサビは美術協力をした関係で映画館以外では行っていない予告編を特別に上映させてもらった。

まーほうーのコートーバー
スピッツはいいなぁ。
嵐も。
ナツイチのCM*は音声が小さくてセリフが
さっぱり聞こえんです。

ナツイチのCM：
集英社文庫が毎夏に開催しているキャンペーン「夏の一冊」。そのショートフィルムにムサビが撮影協力。

雑務系だけではなく、案内係もやりまして、
明日は5A号館、8号館、12号館8Fのいずれか
にいるので、暇な人は探してみてください。
それにしても1日中雨かぁ…うんざりだー。

2006年6月20日（火） ニア

● Please come in by the front door.

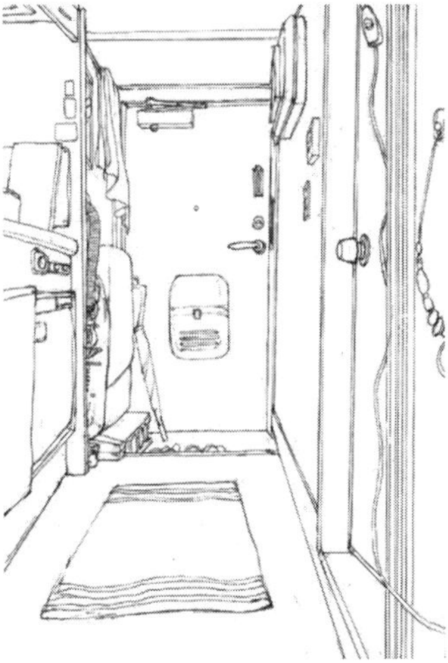

授業の課題で自分の家の玄関を描いた。
久々にデッサンのようにじっくり見て描いた。

学校で処理していたら、形やパース*の乱れを
指摘されて、侮れない環境だと思った。
まぁ、こんな小さなキッチンと玄関を持っています。

パース：
透視画法。これが狂うと遠近感のおかしな絵になる。ex)「それ、逆パースになってるよ」

2006年6月20日（火） una-pina

● オープンキャンパスと産学協同プロジェクトのこと

話が前後してしまいますが、今さらながらに
オープンキャンパスについて掘り返します。

これは、本当はオープンキャンパス前に
宣伝すべきだったんですが・・・
昨年 una-pina 含む ID コース*の学生 9 人で取り
組んだ、産学協同プロジェクト（コードネーム：
「H プロジェクト」）の初公開！！！でした。

ID コース：
ID はインダストリアルデザインの略。エデのコースの1つ。イケメンが多いというウワサ。

やっとちゃんと公表できるようになったので、
「変なことポロッと喋って訴えられたらどおしよお
…汗」と変な汗をかかずに済みます。
ああ、良かった。
（ウソと隠し事の苦手な性分なんです）

これも今さらですが、産学協同プロジェクト
（略：産学）とは、ざっくり言うと、企業と学校
とが資金や人力を出資して何かすることです。
H プロジェクトの場合、まず本田技術研究所と
武蔵野美術大学からそれぞれ資金を頂いて、

学生が与えられたテーマに基づいた
クルマの提案をする。
（だから制作費は自腹じゃなくて済むのです）
ホンダのデザイナーやモデラー*の方々に
指導して頂きながら、1/4 スケールモデルや
CG モデルをつくる。
最終的に、和光にある本田技術研究所にて
プレゼンテーションをして終了。
ちなみに、期間はソツセイとほぼ同じ、
半年間でした。

モデラー：
粘土などで模型（モデル）
を作る人。

産学は、企業との契約を最初に結ぶので、
学生 1 人 1 人が「この話は『公表していいよ』って
言われるまで言いません」という内容の
約束をさせられます。
だから、無意識にでもバラしたら大変なのです。

えーと、オープンキャンパスの話に戻りますが、
H プロジェクトでつくった 3 台のクルマのモデルの
内、2 台が 9 号館 Web スペース、1 台が 8 号館
の ID ルームにて展示されていました。
（一昨年の日産との産学［N プロジェクト］のとき
に先輩がつくられたクルマも ID ルームにて展示
してました）
私個人のつくった作品は展示していなかったので
すが、思い入れのある産学の作品を公表できて、
今頃になってやっと、
ひとつ課題を終了した感慨です。

3台の内2台は、来月ドイツへ運ばれて、
コンペに出品するそうです。
資金繰りのせいで3台全部持っていけないのは
残念ですが、一緒につくったクルマが海を渡るって
・・・すっごい。すっごい嬉しい。
私は都合があってドイツ旅は参加しませんが、
旅立つ仲間には、
たっぷり堪能してきてもらいたいです。
ドイツビール！！！！！！

2006年6月23日（金） えいびっと*

● 疲れ目

ヘトヘトな体でアパートへ帰る。
夜なのに家の中がすごい熱気。
窓を開ける。
正面のマンションで首を吊ってる人を発見。
腰が抜けそうになる。
本気で驚くと声も出ないとはこのことだ。

落ち着いてよく見ると、
物干しにぶらさがったウエットスーツだった。
こんな平日にダイビングですか。
大学生っていいな。

そうだ。
自分も大学生だ。
こっちはつなぎを干してやれ*。

えいびっと：
彫刻。1代目a-bitさんを引き継いだ。冷静な目で世間を斬る⇒258頁

つなぎを干してやれ：
つなぎって梅雨時はなかなか乾かないんだよね。

2006年6月23日（金）　チャイ*

チャイ：
彫刻2年。2005年9月から参加⇒259頁

● バイバイの前に。

せっかくの環境なんだから
痕跡を少しでも多く残しておくべきだと
やっと気付きました。

1人きりになるのは切ないけれど考え事するより
まず先に大切なんだなーと
思ったり。
書いてみてなんだかよくわかんないこと言ってる
気がしましたが。

最近はやたらモヤモヤで現実逃避気味（常）
逃げるといったらゲームに音楽に映画ですよ。
あ、あと漫画も。

友達がカラオケで毎度聴かせてくるオススメ
RADWIMPSなどを聴いておりまする。
なんだか自分がバカらしくなってきます。
そんなこんなで今なんだかとっても
「エターナル・サンシャイン」が観たい。
ドキドキしたい。そんな気分。

ま、その前に制作*ですけど。
何をおいても制作ですよ。
わかってるってば。
はぅ。

制作：
芸術作品などを作ること。「制作」と「製作」の違いを考え出すとキリがないが、ファイン系の場合は「作業」と言ったりもする。

2006年6月24日(土)　ニア

● 1日の記録

授業の関係で「ある1日」を
詳細に記録することになったので、今日試した。
そこで、あまり日記も書いていないことだし、
「何しているんだ、ニア」という質問に
お答えするべく私の1日をご紹介しよう。

2006年6月23日(学校授業×バイト○のケース)
09:32 起床。椎名林檎を聴きながら急いで支度
(9時に学校の予定だった)。
10:05 家出発。
10:10 セブンでブルガリアヨーグルトを買う。
10:20 学校到着10号館の308で友達のグループワークの被検体*になる→お菓子貰える。
終了後、パソコンをいじる。ネットでようやく
日本がブラジルに4－1で負けたことを知る。
明日の授業の作業をする。
11:30 10号館を出る→食堂（ホール）*へ。
厚揚げと野菜味噌炒め（370円）ランチを友達と
食べる。授業の相談を受ける。
13:00 2階の資料図書館*へ。新聞と+81を読む。
13:20 共用コンピュータ室でデータ出力。
15:00 家に到着。エクレアを食べつつ、
課題のため、写真を撮りまくる。頭痛がする。
16:00 倒れるように寝る（45分間のレム睡眠）。
16:45 起床ふらふらになりながら支度。

被検体：
ここでは「モニター」という意味。

食堂（ホール）：
ムサビには学食が2つある。1つは12号館地下1階の通称「12チカ」。もう1つは鷹の台ホール2階の通称「ホール」⇒262頁
↓「ムサビ定食」340円は大人気ですぐに売り切れ

資料図書館：
正式名称「美術資料図書館」。美術部門と図書部門を擁する。図書館には和書・洋書合わせて約20万冊の蔵書と雑誌3900種がある。2009年に新棟図書館が完成予定⇒262頁

17:00 バイトへチャリで向かう。
途中のショップ 99 でサンドイッチを買う。
17:10 途中の大きな公園でサンドイッチを食べる。
10 分後再出発。
17:40 バイト先に到着。着替える。
18:00 バイトはじまる。キッチンに入る。
皿洗いをしたり、イカの一夜干し、頬肉ステーキを作る。
20:00 客がいないので、まかないを食べる。
チーズハンバーグとキャベツの千切り、ご飯。
21:00 オーダーが止まり始めたので、キッチンの片付けに入る。
23:00 バイトが終わる。友達からチラシ制作のオーダーの電話が入る。
23:20（また）ショップ 99 で明日の弁当のおかずと、夜が長くなりそうなのでコーヒーも買う。
24:00 帰宅。コバエがキッチンでうようよしていたので、キッチンと冷蔵庫をピカピカにする*。
（小 1 時間）
25:30 シャワーを浴びる。顔のパックをする。
26:00 課題の作業を開始。
27:00 パソコンをつける。日記を書きだす。

現在 27:16（03:16）です。
こう見ると、今日は忙しい。分刻みだった。
まだ 1 日を終わらせられない自分が
情けないです。これから 1 時間は起きて、
明日の準備終わらせなきゃいけないです。

キッチンと冷蔵庫をピカピカにする：
明日でいいや、ってならないのが、マメなニアさんの素敵なところ。手羽なら見なかったフリをして寝ます。

ちなみに明日は9時から授業。起きられるかしら。
そして7月の中旬（前期の最後）に向けて
忙しさが増す予定です。
3年は授業数はかなり少なくなったのに、
反比例して忙しくなっている。なんでだろ？

2006年6月26日（月）　ニア

● タクシードライバー希望

自分の将来をあれこれ想像する状況から、
その将来像と現実的な問題とを比較し、
今すべきことを
選ばないといけない状況になりました。
身の引き締まる思いです。

将来への不安は2年の後期あたりからモヤモヤ*と自分の頭の周りを覆い始めました。
当時、自分が美大に来た意味もわからず、ひたすら「視覚化」を否定する反抗心でいっぱいでした。
実際、「絵や視覚的な事に対して自分に特別な興味がない」ということを知ったのが
大学に入ってわかったことでした。
十数倍という驚異的な競争率を勝ち抜いてきた
人々と一緒に授業を受けている中で、
そのレベルで優劣を競われ、
私はズレてしまったのです。
謙虚で柔軟でコミュニケーションがうまい友達を
羨ましがりながら、

2年生の後期あたりからモヤモヤ：
学校にも慣れ、自分が見えてきたところで、これからどうしようかと深く悩みはじめるのがこの時期。

私は違う道を行かなければならないのだろう、
と決め付けていました。
今考えるとそれは、自分という存在の
確立のための排他的な考えだと思うのです。
そういうことで私は経済の本を読んだり、
まったく違う領域の人と仲良くしていました。
その頃は「私はタクシードライバーになる」
と豪語していました。
自己の確立もままならない場所からの
将来への模索は、（私の場合）現在の方向性と
全く違う方向から見つめ直さないと
いけなかったのです。
そうやって疑いの２年が終わり、
ようやく落ち着いていきました。
この２年という期間はとても重要でした。
一通り自分のいろんな可能性を「美大生」という
フィルター無しで見ることができたからです。

この期間を通して、改めてこの学校に来て
良かった、と思います。
今は「視覚化」がとても楽しいです。
図書館の蔵書の凄さにやっと気づきました。
宝の山です。
これが卒業して利用できなくなると思うと、
とても悲しいです。
１年の時から適当に受けていたビジネス英語の
TOEIC のスコアが３ヶ月で
120 点ほど上がりました。

全然勉強していなかったのに「実力だ！」と
舞い上がっていると、最近一緒に受け始めた人が
同じテストで200点近く上がっていて、
やはり私にはこういう人が必要なんだな、
と再確認されました。
身の引き締まる思いです。

2006年6月30日（金）　四輪駆動

● 可愛さ100倍、憎さ200倍。

今デザイン課題で毎日パソコンを朝っぱらから
いじってる訳ですが
自分は絵を何時間も描くのは苦痛なくせに
自分はパソコンなら何時間やってても
苦痛ではありません。
むしろパソコン大好きです。

しかしながら、共通デザイン*で使っている
パソコンは私の事が嫌いらしく、
ガンガン保存してない途中データが、
予期せぬエラーで消えていきます。
あぁ！悲しき片思い・・・
ハチクロもビックリな一方通行の愛*。

でも、やっぱり好きだと悟ったのは先生のこの一言。
「雨の日は消えやすいので気をつけて下さい」

はいキタコレ。

共通デザイン：
専門領域以外の根源的な造形力を養うためのカリキュラムとして「共通絵画」「共通彫塑」「共通デザイン」があり、ファインアート系の学生を中心に「共通デザイン」を履修します⇒85頁

一方通行の愛：
アニメ「ハチミツとクローバー」のキャッチコピーが「全員片想い逆走ラブストーリー」だった。

ハイテクな事やってるくせに意外とアナログ･･･
人間に例えるなら普段クールな彼が、
突如見せる無邪気な一面。
このギャップにメロメロですよw (ノ´∀` *)てへっ

ところがです。
自分「先生！何度やっても保存できません！」
先生「うーん・・・呪われてるんじゃない？」

えっ！呪いですかっ！？

そっかー　呪われてたのかー[*]
嫌われてるとかのレベルじゃないんだー
てっきり普段はツンツンしてるけど[*]、
本当は自分の事を思ってくれてるのか
と思ってましたよ。。。

片思いって辛いな～。

呪われてたのかー：
呪われてたんじゃなくて、愛が足りなかったのさ。

普段はツンツンしてるけど：
美大生の習性かどうかは定かではないが、ムサビ生はパソコンを擬人化する傾向がある。名前を呼んでみたり、叱ってみたり、応援してみたり。パソコンおよび周辺機器という種族は、使用者が課題で忙しくテンパりながら酷使しているときに、機嫌を損ねてエラーやフリーズを繰り返す性質を持つ。

7月

うがぁぁぁぁ

2006年7月4日（火）　四輪駆動

● 一人暮らし

そろそろ定期がきれる頃。
それははるばる実家通いの強者達が、
ちょこちょこ一人暮らしを始める頃。
そろそろ夏休み。
それが終われば実家通いの強者達が、
ぞくぞくと一人暮らしを始める頃。
弱者交代の頃。

あぁ～一人暮らししたい！！

本当にねー。
周りの人がいなくなっていくのがわかるんです。
今まで仲間だと思ってた人が、
「えっ？お前まだ携帯パカパカじゃねーの？」
って言われた中学時代の記憶が蘇るぐらい
「えっ？お前まだ実家から通ってるの？」
みたいな冷たい目線。
うわぁ～～完全に乗り遅れてます。
ヤバイヤバイ。

でも自分の家は具体的に言うと
女子美*にチャリで行けるぐらいの近さなのですが
別に通えるっちゃ通える距離なんですよ。
寝過ごしたり、乗り間違えなければ
1時間半で行けますし・・・・
いゃ、滅多に行けてないけど。

女子美：
女子美術大学。1900年（明治33年）創設。女子美といっても大学院は男女共学。

って事で親に一人暮らししたいと言うと、
「料理も洗濯も皿も洗えないくせに、
何が一人暮らしだ！」
と怒り出します。
ちなみに自分はコレを逆ギレと呼んでいます。
そこで今計画中なのは、思えば携帯買ったのも
相当な強行突破だった気がするので
もぅお金貯めて家出しちゃおうかなっていう・・・
バイトで月10万ぐらい稼げる*ので節約すれば
すぐ溜まると思うのです。
節約すれば。。。。
節約・・・・・

バイトで月10万ぐらい稼げる：
2002年に行われたムサビ学生実態調査（4年に1度実施）によると、学生のアルバイト月収で一番多かったのは4万円未満。

ん？節約って何？(´ﾟдﾟ`)ﾎﾟｶｰﾝ

食費だけで実家暮らしなのに月3万以上
使ってる自分には、そんな文字読めません。
ってかまずは自分のパソコン買わなきゃ
生きていけないや。
NO パソコン NO LIFE.

こうやって書くといかに趣味が
音楽やサッカーというのがカッコイイのかが
よくわかります。

2006年7月10日（月） ひだまり

● うがぁぁぁぁ。

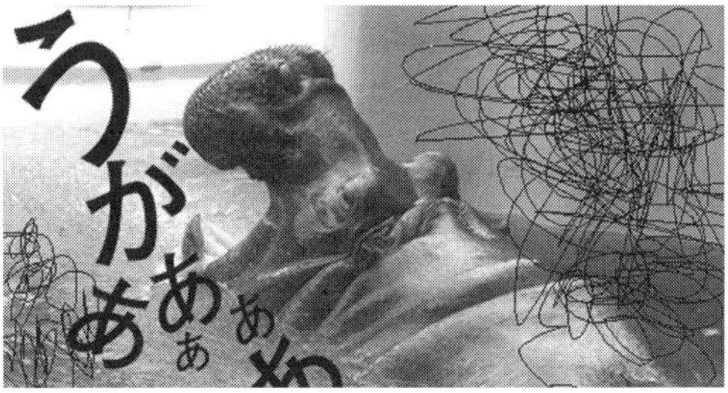

先生に作品を見てもらったけど
ぱっとしなかったぞー！
うがあぁぁぁぁ。
冷たくされると燃えます。
明日は国会図書館に行ってやるー。
燃やします、燃やせるところまで。
やだ、負けるもんか。
帰りに同級生と国分寺でケーキ食べました。
それはそれはおいしいメープルシフォン*。
なにか？
鼻血がでても食べます、今なら。

*メープルシフォン：カフェ・ジョルジュサンク国分寺店のシフォンケーキは絶品。

2006年7月11日（火）　una-pina

● 卒制なんですが

就職活動のことを書こう書こうと思っているうちに
時間は経ち、早くも7月。。。
人の記憶って薄れるものですね。
そして都合の良い部分ばかり残るものですね。
アルツハイマー病を煩った祖母みたいなことを
書いてる場合じゃない・・・現実だ！卒制だあ！！

6月より、卒業制作スタートしました。
IDは他の専攻よりちょち早めです。

クラフト系[*]の人々は、卒制前の最後の課題とあって、
自由にアートに突っ走ってしまいそうな勢いで
制作してるようです。うらやましい限りです。
卒制とは、卒業制作の略です、って話は
諸先輩方してますよね。
卒業論文と一緒。
卒業制作やらないと、卒業できないのです。

クラフト系：
工芸工業デザイン学科のクラフトデザインコースは、金工・木工・陶磁・ガラス・テキスタイルの5つの専攻がある。

学科によっては論文でも単位取得できるようですが、こと工デに至っては、
皆ストイックにモノづくりします。
入学するまで、日常の課題にかかる出費が
何よりの心配事でしたが、卒業制作はそんなの
メじゃない額に、なる予感がします・・・
（過去、IDの先輩の卒業制作にかけた金額トップ[*]は、

卒業制作にかけた金額トップ：
手羽の同期で、卒制に150万かけた男がいます。

7ケタでした）
いや、マネーじゃないですよ・・・ね、きっと・・・
だってムリだもん・・・・・

夏休み、アルバイトに励もうと思います。
でも旅行とか、旅行とか、旅行とかも・・・ね☆

2006年7月11日（火） 赤岩

● 助手さんに

オフラインで「赤岩」と呼ばれてしまいました。
しかも、彫刻研*で。やばし。
きっとこれは、「うだうだしたことをブログに載せないで、ちっとは彫刻について語れ」ということを、暗に示しているのでしょうか？
暗に示しているのですね？
有難き幸せ。
といっても、単なる「イジリ」なだけの方が可能性が高いので、今回もちびくろがらみの話を（オイ）。
ものづくりの道具の話だから許してください…。

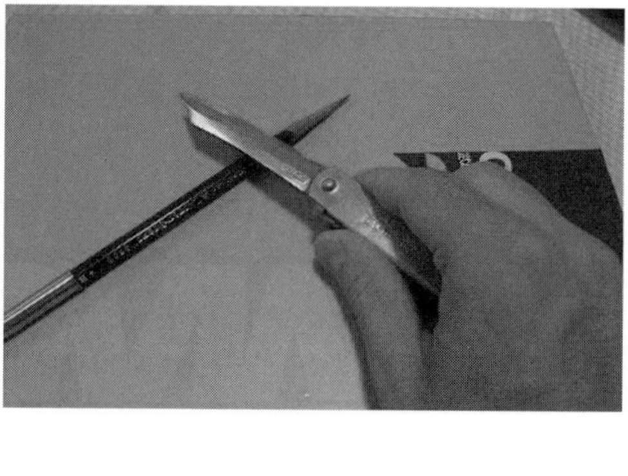

彫刻研：
彫刻学科研究室。教員やスタッフがいるスペースを「研究室」と呼ぶ。

「肥後守」という和式のナイフです。読めますか？
「ひごのかみ」です。
（念のため。↑の単語は登録商標です）
ちなみに、下敷きにしているのは
今年のシラバス*冊子だったり（笑）。
久米宏時代の「ニュースステーション」内の「絶滅危惧商品」シリーズで取り上げられていたので、
昭和 60 年生まれの自分でも存在自体は
高校あたりから知っていました。
それまで知らなかったというと、
懐古主義なお方が嘆きそうですが。

シラバス：
「この授業ではこんなことをやりますよ」とこと細かに書かれた冊子。2006 年度のシラバスは電話帳ぐらいの厚みがあった。履修登録には絶対に必要なものだが、それが終わると…。

また、工芸教育法の大坪先生*が授業中にこれを話題にして、「肥後守を持っていないとね、大きいお兄さんの遊び仲間に入れなかったんだよ」と言っていました。
それでも自分は「それなりに」しか聴いていなかったので、手に入れようとはしませんでした。

大坪先生：
大坪圭輔教授（教職課程）

が、最近ちびくろでナイフの使いやすさを考えるきっかけがありまして。
ちびでは竹を削るときに世界堂*で売っているような切り出しナイフを使っています。
が、これが大人でもちょっと握りづらいグリップの太さでして、手の小さい小学生には竹の箸を削るのに余計な労力を使っているように見えました。
また、安いせいか完全に右利き用でしかない刃の出し方なので、左利きの子が裏返しにして使って

世界堂：
昭和 15 年（1940 年）、額縁および絵画の販売を目的として東京・新宿において創業。現在は画材・デザイン用品・文具等も取り扱う老舗の大手店。ムサビには美大で唯一、世界堂がある。

「削れな～い（汗）」と言うこともしばしば。
左利き用のナイフを用意していなかったことを
反省したりしました。

そこで、自分の中で備品改良計画スタート。
前述の話を思い出し、
まずは「肥後守」で Yahoo! 検索*。
すると刃物のオンラインショップで
取り扱っているところを発見。
早速 1500 円くらいのと 700 円くらいのを
2 種類注文。
届いた品物はシンプルイズベストなデザインで、
グリップも切り出しよりかはずっと薄い。
折りたたみ式の刃を出すときが
ちょっと怖いですが（笑）、結構な使いやすさ。
落書用の鉛筆を削るだけなので、
いまいち使いきれていませんが（苦笑）。
まだまだ邪道だけど、とりあえず
自分の筆箱の中に常備中。
去年の珍念さんみたいに、
帰り道に職務質問されなければいいけれど（汗）。
（知らない方へ。今年 3 月に卒業された珍念さん
[ムサビ日記 OB・エデ ID] は、ポケットに小さ
いカッターを入れたまま外にでたらおまわりさん
に連行されました。しかも、卒制締め切り数日前
に…）
と、おせおせモードの自分だけど、
まだまだ不安が残る状態。

*Yahoo! 検索：
手羽は Google 派です。

まず学生が使えないと子どもに使わせるのはちょっと危険（美大生は鉛筆デッサン経験者が多いから大丈夫だろうけど）
昔の子のように「ポケットにいつもナイフ」ではなく、割と一過性の強い図工教室というイベントに持ち込んでいいのかまだ判断しかねるし。
それに、肥後守以外のナイフを知らないので
もう少し研究の余地はあるかな。
1本当たりのコストも考えたいし。
（もしこれをごらんの方の中で「このナイフもいいんじゃない？」という情報をお持ちであれば、コメント欄にご一報を*）

コメント欄にご一報を：
詳しい方からコメントをいただくことができました。

でも個人的には好き。
今度部会で取り上げてみよう。

その昔、「男児」から「男の子」にステップアップするためのアイテムだった（らしい）肥後守。
実は、作っているところは
もう1軒しかないそうです。
Nステで取り上げたとおりの「絶滅危惧商品」。
手に入れるのは今のうちのようです。

あー、だらだら書いていたら
まとまりのない長文になってしまった。
とにかく、赤岩はもっと肥後守を
使いこなしてみたいのです。

2006年7月13日（木）　ニア

● 魔のトランジット北京→上海→成田

今回の北京では観光名所など行かず、
等身大の生活をした自信があります。
昨日の夜東京に帰ってきました。
そして今日朝9時からプレゼンテーション*が
あると思って明け方まで準備し、学校に行くと、
「来週だよ」と言われ、一気に力が抜けました。

なので今は何もやる気が起きず、
家の近くの温泉にじっくり浸かってきました。
日本に帰って、筋肉が全て弛緩してしまっている
感覚です。
ぬるい38度のお風呂。

*プレゼンテーション：
企画や提案を説明する場。

2006年7月17日（月） 獅子丸*

獅子丸／ししまる：
視デ2年。2005年4月から参加。日記からのイメージは「ほんわりしてそう」。
⇒259頁

●「レシピ」

【視デカリキュラム*】

視デカリキュラム：
視覚伝達デザイン学科ホームページより。

2年次の基礎課程では、造形の成り立ちをデザイン原理の面から修得する目的で、運動、時間、空間などのデザインの基礎次元の基本的なものの見方や考え方を学習する。さらに、光や音といった基本要素を新たに加え、画像、文字、記号、印刷、写真、映像、コンピュータといったメディアを前提に、視覚的記述文法を用いて表現要素の統合を実習する。基礎課程の最後に各科目の授業内容と学生作品の発表のために総合展示をおこない、個性の成長と理解の深まりを相互に確認する。

と、いうわけで今レシピという課題に視デ2年は燃えています。
9月には12号館地下展示場で「レシピ展」をひかえております。見に来て下さい。
今年のレシピはすごいんです・・・。

2006年度2年構成演習「レシピ展」
場所：武蔵野美術大学　12号館地下大展示室
期間：9月9日[土]～16日[土]

【レシピ展*】

レシピ展：
視覚伝達デザイン学科ホームページより。

私たちの誰もが食べることなしには生きていくことができません。

また食べるためには料理を作らなければなりません。この料理を作ることの記述＝レシピをデザインすることがここでの中心課題になります。
また、料理を作るには、道具が必要であり、食材や調味料も必要です。それらのほとんどを私たちは作っていませんが、それらが生産され運ばれ私たちの手に届くまでには多様なプロセスがあります。

今回の課題ではプロセスを重視しています。これには２つの意味があります。よりよい記述を行うためには対象物の表面のみならず、生成されるプロセスをよくみつめ感じることがまず大切だということ。
例えばそこで生じる予測しない出来事や発見が私たちの記述を豊かにすると思われるからです。そして同様にこの課題自体もプロセスを踏まなければ完成できないということです。

この巻き寿司には、実に膨大な情報が巻き込まれているのだ。

7月15日にその「レシピ」の試食会と
100人1分プレゼンがあったのですが、
大波乱でした。
100人の食べ物がずらりと机に並べられ、
みんなうれしそうに食べ回る
予定でしたが・・・!
レシピ試食会が始まるとともに、大粒の雨が降り出し、○○くんの暖めていたチョコの鍋が爆発
(食べたかったなー)
外でコンロを使っていた人は軒下に避難。
みんな教室に入ると映画のような雷鳴が鳴り、
はっきりと稲妻が見え大粒のスコール!!!
そして停電!!暗闇の試食会*・・

暗闇の試食会:
闇鍋だな、こりゃ…。

なんだこれはーー!大波乱の予感・・・

試食会が終わるとともに電気が復旧。
雨もあがりました。なんだったの・・。
そしてそんな幕開けに続いて、
講評会1分間プレゼン。
ひとり1分しか与えられていません*。
1分の間にどれだけ伝えられるか!
みんな焦っていました。
「1分じゃなにも伝えられないよっ」
とも言ってました。
久しぶりにどきどきしたー。
そして、聞いていて思ったこと、、、
みんな面白い!!

ひとり1分しか与えられていません:
1分は本当にあっという間。ただ、自分が本当に1番伝えたいことをまとめると大抵1分でおさまる。それが狙い。

ひとりひとりの目のつけどころが違って
バラエティが多く、徹夜続きで寝てしまうやも
・・・と思っていたプレゼンですが、
面白くてずっと聞き入ってました。
映像でプレゼンする人や語る人、詩を読む人、
もう作品を見せる事ができる人。
生き物を連れてきてたり・・・面白かった！
また、色んな意味で悔しいと思ったりして*。
最後の、教授達の言葉がずん、と来ました。
もう夏休みに入りますが、
まったく休んでいられません。
作って作って反省して調査して作って・・・
夏明けにはみんな今よりも成長できているのかな。
負けじとがんばらなければなりません。

色んな意味で悔しいと思ったりして：
授業で悔しいと思うことなんて一般大学ではそうないことかもしれない⇒「一般大学」133頁

2006年7月20日（木） tank

● 予備校のトモダチ

最近よく予備校時代の友達に会っています。
いやー、なんだか知らないけど、
予備校*の友達はみんなミラクルな感じです。
どうしてこんなにも気の合うひと達が
集まったんだろう？
こういうのを「めぐりあい」って言うんだろうか？

色んなコミュニティがあるけどさ、色んな空気とかテンポとか価値観とかあるじゃん？
全部がぴっしゃり合ってるコミュニティなんて

予備校：
美大生のいう「予備校」とは、美大実技入試対策をしている美術系予備校を指す。そんな予備校があるなんて美大受験を考えるまでは想像だにしなかった。

ないと思っていた。
でも、あるところにはあるんだねコレ。
結構すごいと思う。別に悩まないで決めた予備校
だからな。直感、当たってるよ。やっぱ。

あ、そうそう。その「直感」の話なんだけど、
ゼミの教授がねぇー、本当に良いこと言ってるん
だ。「悩むな。判断するな。直感！」って。
本当にそうだと思う。

何か選択肢がある時に悩んで決めちゃうと、
その時に「選ばなかった選択肢」のこと、
いつまでもずーるずーる引きずっちゃうんだって。
「やっぱりあっちにしとけば良かった」みたいな。
でも、「直感」で選んだものって、もし間違って
てもその責任とか結構受け入れられるんだよね。
「あ、間違ってたけどいいや。次頑張ろ」みたいな。
割とあっさり。
ていうのも直感で１つの選択肢に突き進んじゃっ
てる＝他のことに執着を持たなかったってこと
だから、後悔しないのは当たり前っちゃー
当たり前なんだけどさ。
なかなかこの生き方は、私好きだな。

だからビギナーズ・ラックって言葉があるんだよ、
ってその教授が言ってました。
ビギナーは直感しかない。だからうまくいく。
でも、少し覚えてきて判断するようになると、

途端に駄目になる。
「判断」してる時より「直感」でいってる方が、
かえって冷静で開かれてる状態
だったりするんだってさ。

もちろん、「判断」しなきゃいけない
場面もいっぱいある。
だから、なんでもかんでも直感で決めりゃあ
いいって訳でもないみたいだ。
だってなんでも直感で決めちゃうと、
いつまでも後悔できない＝反省できない
この tank みたいな人間ができ上がるから ww
いや本当駄目だよー、この人間は ww
自分は超ハッピーだが、
いつかツケが回ってくるよ。
最近も 1 回ツケ回ってきた。
これはいけないよ！そろそろ変わらないと！
大人なんだからね。
だから、この教授の言葉を「いい！」とか言いつ
つも、「判断できる人」ってすごいなとも思います。
tank はなかなか「判断」ができないから。
これは別に、どっちがいいとかじゃなくて*、
自分に合う方でいいんじゃないかと思います。
tank は完全に「直感」型だわ。
どうせ 100% 正しい道なんて選べやしないんだ
から（だって未来なんて誰にも分かんないし）、
自分で「これでいいんだ！」って
思うしかないじゃーん。

どっちがいいとかじゃなくて：
「判断」でも「直感」でもポジティブに考えることは悪いことじゃないよね。

その方法が、tank にとっては「直感」！
って話を予備校の友達としていて、
うんうん分かる！私も直感タイプだな！ってなって、
私達の人生のキャッチコピーが決まりました。
それは……
「永遠のビギナーズ・ラック ○○○」

○○○に各自自分の名前。
やばい。キタ。
まじマブい。これは良いと思う！
まぁ、あくまで「目標として」みたいなとこある
からできるかどうかは分かんないけど、
そこはアレですよ。
未来なんて分かんないから面白いんじゃーん。
受け売りですが。

という訳で夏休みも絶賛直感中です！
今日は直感で「寝よう！」と思って
ぐーすか寝てました。
……やっぱりこの生き方は
駄目かもしれない。。。！

2006年7月24日（月）　いろ*

● 夏休み

夏休みがはじまって。
スクーリング*がはじまります。
通信出の私は、夏も休みという感じはしません。

いろ：
油の4年。2006年4月から参加。通信から編入。
⇒ 258 頁

スクーリング：
通信教育課程での直接指導授業のこと。週末や長期休暇の時に開催される。
⇒ 158 頁

制作し続けるのです。
夏のメンバー*と、通学メンバー。
どっちも知り合いがいるわけで、
なんだか不思議な空間の転換です。
あわいわあ。

夏のメンバー：
いろさんは、通信から油（通学）に編入をしました。「夏のメンバー」とはスクーリングでの通信の同級生のこと。

2006年7月25日（火） sora*

sora／ソラ：
空デ3年。2005年4月から参加。grapevine大好きっ子⇒259頁

● 夏、満喫

こんにちはsoraです。
夏休みですね！（そうですね！）
今年のsoraは夏休みを満喫しそうです。
いつも、だらだらの夏ばてsoraではなく、
何か意欲的にがんばっとります！はは！
ミシン出して、服作ってます*。
夏用のワンピースを作ってます。
がぼっとしてるやつ。
それから、いっぱいいっぱい服とか
アクセサリーとか小物とか色々作っていきたいなぁ
って思ってたり！
あと、バイトもして稼がなくっちゃ！
自動車の免許も取りたいなぁ・・・
希望もやりたいこともたくさんあります。
だから頑張って夏を満喫いたします～☆
そういえば、夏休みまえ最後の課題は
あんまよくなかったです。
うん。自分でも落ち込んで、すぐ吹っ切れました。
もっと頑張らないとなぁ。。。

服作ってます：
満喫、意欲的に、と思うとまず何かを作り出す美大生。

いや、頑張ってるんですよ、ホント。ホントの話。
なのに、評価がめためただと落ち込んじゃうもん。
だって人間だもの（by みつ○）
才能がほしい。
自分に才能がなかったとしても sora はやるだけ
のことをやった後に、落ち込みたいです。
でも、ナイーブなの。デリケートなの。
ストレス溜まりやすいの。で、胃が痛くなるの。
で、口内炎ができるの。関節がしびれるの。
なんか、くらくなってきたのでこの辺で…。

2006年7月26日（水） una-pina

● 彫塑

今週は共通彫塑[*]の首モデル[*]バイトをしてます。
通信教育のスクーリングの学生に囲まれて、
びびりながら、
台の上で扇風機の風にあたって座ってます。

2年のときに彫塑の授業でコンクリのガマガエル[*]
をつくったのがなつかしい・・・
最初、カエルの細部を観察して、
「へえ、ほっぺのとこに
丸い円盤みたいのがあるんだ」とか
「中指が一番長いんだ」とかを見て、
それをまねしようとコンクリを
削っていたんですが、全然似ないんです。
「おっかっしいな、こんなに見てるのに」

共通彫塑：
専門領域以外の根源的な造形力を養うためのカリキュラムとして「共通絵画」「共通彫塑」「共通デザイン」があり、「共通彫塑」「共通絵画」はデザイン系の学生が中心に履修。

首モデル：
粘土で頭像を作るときのモデルさんのこと。スクーリングなどで大量のモデルさんが必要な場合、学生さんにアルバイトとしてやってもらうことがある。

コンクリのガマガエル：
コンクリートの立方体から、長辺30センチ以上のカエルを彫りだす。体育館裏にある広い敷地、白い仮設テントの下でコンクリートの塊と奮闘する100人の若者は壮観。

と思って、何度かヤサグレて昼寝したりしてました。

ある日、観察しながらスケッチをしてたら、
モチーフにしてたカエルが死んじゃいました。
30℃以上ある中で、130 人の学生にベタベタ
触られてたんだから、当然ですよね。
カエルって、死ぬと伸びるんです。
いや、少なくともこのときモチーフだった
カエルたちは、みんなそうでした。
で、伸びると、生きてるときは見えなかった関節
の部分とか、足の裏とか、見えるんです。
「なんか顔つきがかわいいからコイツにしよう」
とモチーフに選んだ、愛着のある生き物が
死んでしまって、ショックだったんですが、
良いことにしろ悪いことにしろ、
そのカエルはモチーフとして選ばれて、
そのために死んだ（死期が早まった）わけで、
「これはデスマスクをしっかり描いてこそ供養に
なるんじゃないか」
と思い込んで、死んだカエルのスケッチをしました。
そのスケッチをしたおかげで、コンクリのカタチ
がカエルにちょろっと近づいたように思います。
だって、初めて参作（「さんさく」＝参考作品[*]の略）
に選ばれたし。

首モデルやりながら、
そんなことを思い出したりしてます。
カエルさん、ありがとう！

[*] 参考作品：
作品は通常、提出し採点されたのち返却されるが、翌年の課題などの参考になるような作品は研究室で保管され、何らかの形で役立つ。本人としては「やったー！参作！」という感じでかなり嬉しいもの。
↓ピナ付き参作ガマガエル

2006年7月31日（月）　ニア

● 栄光は流動する

31日は朝6時半のJAL便にビジネスマンらと一緒
に乗り、福岡につくなり*、そのまま予備校へ直行、
20時までデッサンなど教えました。
初日ハード。
不思議なことに、大学に入り、
デッサンから離れて時間が経つほど、
デッサンから見える視点が増えてきます。
やはり受験でのデッサン課題というのは、
十分意義はあるのですが、「受験」の分、
モノの見え方が縛られてしまう部分があったんだ
な、と振り返って思います。

福岡につくなり：
ニアさんは福岡県出身。
手羽も福岡出身です。
⇒123頁

だから受験時期はいいのですが、それ以降、
美術やデザインを学ぶ姿勢としては、
体育系部活のように、具体的なゴールを決め、
突進していく特化型で臨むだけでは、
成長に限界があると思いました。
というのは、受験のデッサンは
「大学に認められる」考えで頑張るわけですが、
大学に入学すると、その学校や社会に
「認められる」ことは、
受験デッサンや平面構成*から、
無限の表現に広がるのです。
（突然霧が晴れたように）
私は美大に入った当初、荒涼の砂漠地帯に
1人で立っている感覚を覚えました。

平面構成：
与えられた条件のもと、対象物や概念を幾何学的に、また時にはリアルにとらえ、紙の上に色を塗り分けること。デザイン系の実技入試で行われることが多く、色のセンスや形を描く能力、発想力を総合的に評価する。

確固たる価値観が崩れてしまった、
多くの自由と至る所に転がる責任が
全て同じ距離に存在している世界。
自分の思い次第でどうにでも変わってしまう怖さ。
うまいデッサンを描けば安心できる感覚*からの、
この猶予期間無しのシフトは恐ろしいものです。
私はそのため
「とことん自分の好奇心に貪欲になる」
ことにしました。
それが自分を知る一番の近道であり、
自由を勝ち取るための責任を選ぶ１つの軸として
機能しやすいからです。
この視点からすると、
かなりニュートラルであり正直な人間として
生きている気がします。

うまいデッサンを描けば安心できる感覚：
進学予備校で漢字の書き取りを一生懸命やってきて、それが国語の全てだと思ってたら、大学に入るといきなり「小論文を書きなさい」と言われた感覚に近いかも。

8月

でもみんなに会いたいなー
なつやすみ

2006年8月3日（木） una-pina

● イングリッシュスクール

内定先の企業より、新入社員は全員 TOEIC を受けることになったので、英語を習い始めました。
「帰国子女じゃなかったっけ、この子？口からでまかせ？」
とか言われかねない危機的レベルの英語離れで、
今の内に少しは取り戻したいな、と。
大手メーカーに内定した同期も、
会社から TOEIC のテスト受けるよう
言われてるそうです。
英語重要なのね・・・今さらながら、
職員の人に言われた言葉が突き刺さります。
「美大生だから、デザイナーだからって絵が描ければいいってもんじゃありません。これから社会に出たら英語は必要不可欠です」

ところで、留学するまでは英語、すごく苦手でした。
中学生の頃の、文法を中心とした言葉の習い方が
どうしても飲み込めなくて、be 動詞とか、
S+V+O とか、今でもサッパリわかりません。

海外行ってなければ、今頃きっと・・・・汗

先生は、同時通訳をやっていた人で、
出産と育児の為、転職したとか。
絵に描いたような「デキる女*」です。
英語だけでなく、日本語も喋るペースが速くて、
ついて行くのが大変。笑
いやでも、ホント、切実に、
キャッチアップしなきゃな・・・

*「デキる女」：
デキる女のイメージですか…手羽的には、紺色スーツを着て首にスカーフを巻いてる女性は全員デキる女性に見えます…。

2006年8月5日(土) 鈴嵐

● バナナとワニがなにかと闘うツアー

こんにちは、お久しぶりです。
パソコンが、ある日突然お眠りになりました。
先ほど修理に出して来たところです。
今はがっこうのWebスペースで書いてます。
去年も故障したのですが、
呪われているのでしょうか。

そうこうしてる間に、
伊豆とか行って来ました。
温泉でワニ歩きしたり、
砂浜で前方後円墳を作ったりと、
充実した温泉地ライフ。

バナナワニ園はぬるくていいテンションでした。
もちろんシャボテン狩りもしました。

シャボテン狩りってね、
お箸で根元をつまむんですよ。
ごそってぬけるんです。
バナナって赤いのとかあるんですよ。
あとね、人が乗れるおっきい蓮とか。
ナマケモノもアルマジロもバクもみました。
海は本当に広かったです。

2006年8月7日（月） らでん*

● 暑いです・・・

毎日、毎日暑すぎます！！！
今日まで家では扇風機でがんばっていましたが、
もう無理。
エアコン始動です。
7月の終わりはスクーリングがあり、
1年ぶりに鷹の台*まで行きました。
慣れない路線に乗り、てくてく歩いて学校に行く*
のはなかなか疲れました。
（行ってしまえば楽しいですが）
手羽さんの所にご挨拶に行こうと思っていました
が、あまりに疲れていて（1日中踊っていたもので*）
そんな余裕はありませんでした。

やはりスクーリングはとっても刺激になります。
色々な人の話を聞くことで、ヤル気も出るし、
アイディアも浮かぶし。
勉強だけしていたい。なんて気になります。

らでん：
通信2年。2006年4月から参加。好奇心旺盛なB型。
⇒261頁

鷹の台：
ムサビの最寄駅（西武国分寺線）。徒歩約15～20分の距離は遠いと思いがちだけど、通うとすぐ慣れる。

てくてく歩いて学校に行く：
スクーリングへ向かうため、真夏の暑い中、鷹の台駅から学校まで歩くともう汗だくです。でも歩きたくなる。玉川上水↓

1日中踊っていたもので：
らでんさんは夏期スクーリングの体育実技で3日間フラメンコを踊っていたそうです。夏のフラメンコって…。

ちゃんと進学できるように
この夏はがんばります。

2006年8月9日（水）　卜部*

卜部／うらべ：
映像1年。2006年7月から参加。悩める映像作家の卵⇒258頁

● お久しぶりです。

どうもお久しぶりです。
卜部です。

長くエントリーしていなかったので「卜部」の
読み方を忘れてしまった人もいることでしょう。

ここで改めて読み方を
「とべ」
ではないです。

2006年8月17日（木）　tank

● どうしよっかな〜症候群

どうしよっかな〜
どうしよっかな〜
卒業制作どうしよっかな〜
と、言ってる間に夏休み後半。
よくあるパターンだよね。
どうしよっかな〜

いやね、夏休み前に中間発表*があったんだけどさ、
あまりにも適当にやりすぎて

中間発表：
中間プレゼンともいいます。
⇒51頁

何も進展がなかったんだよね。
「とりあえず今思ってることをぶつけてみれば
何か返ってくるかも？！」と思ったんだけど、
甘かった。甘すぎた。
自分、そういうタイプじゃないや。
もがいてもがいて
何かを達成するタイプじゃないみたーい。
どうしよっかな〜。

2006年8月20日（日）　ニア

● 体を張って、広告になる。

強いストレスを感じ、雅子様と同じ「帯状疱疹」
になったのは高校1年。
病院で診断される前は胃がチクチク*した。
その頃、高校の部活で大いに期待された私は、
毎日の練習で、気絶し花畑が見えたくらい
しごかれた。
午後の授業の間、放課後の練習を考えるだけで、
気がふさぎ、胃を痛みはじめた。
そして横腹に疱疹ができた。
おかげで、1週間休みをもらえた。
練習は、土日も休みなし、年始とお盆だけ休みを
もらえる、という徹底した一直線型だった。
逃げる道も無かった。一番考えると怖いのが、
2ヶ月で治ると診断された右腕の脱臼を、
県大会のため、テーピングでガチガチに固め、
2週間で出場したことである。

胃がチクチク：
手羽もストレスがたまると胃がチクチクするのだけど、それを母に話したら「あんたの父さんも胃をチクチクさせてた」と言われた。ちびまる子ちゃんの山根くん遺伝子を受け継いだらしい。

試合となると自分の怪我について庇うヒマもなかったから、どうにか戦えたが、
今は考えただけで、恐ろしい。
しかし、県ベスト4まで上ったのは、
他でもない顧問の先生の賜物だ。
私自身、そのスポーツ自体に興味というか、強い信念があったわけでもない、ただ先生や周りの期待にこたえるのに必死だったからうまくいった。
帰省し、顧問の先生のところに訪ねると、
歓迎してくれる。
「今お前に対してやらせた練習をさせると、教育委員会に呼ばれるよ」
と昔の練習がいかに大変だったかを振り返る。
当時、公立の進学校だったので、部活*は無名だった。
先生は私を見つけ、
「こいつで広めよう」と思ったらしい。
そして、県大会に何度か行くと、やっと学校を覚えてもらうようになった。私は広告体だったのだ。
ストレスという負荷は、原動力になる重さが人によって、それぞれ違う。
私は高校で病気になる限界を体験したので、ストレスをある程度コントロールできるようになった。

ストレスが消え、何からも解放されると、人は死ぬ。
この絶妙なバランスが
運動にしてもデザインにしても
必要なものだと思う。

部活：
手羽はサッカー部でした。美大で美術部出身の子は意外と少ない。

2006年8月20日（日）　ひだまり

● 最優秀賞。

お昼に友達からメールがきました。
「おめでとう。今本屋で見たよ」
え？と思ってあわあわしました。
夢かと思いました。
ちょうど暑い中で制作中だったし、
頭が朦朧としているのかと思いました。
信じられなかったので
近所の本屋さんに走りました。
ある雑誌のコンペ*で最優秀賞をいただきました。
この日記を更新して
実はどっきりだったらどうしよう…。
だとしたら騙す相手が素人すぎる。

夏休みに入ってすぐに友達の彼氏が
「こんなコンペがあるよ」と教えてくれました。
今までコンペにだしたこともなく、応募締切まで
日数もなかったので躊躇しました。
でも私の研究テーマにどんぴしゃだったので
だしてみたのでした。
制作中のコンセプトを練る段階や作業やデータの
処理とか、プラスになったものが多くて作って
よかったなという充実感がありました。
冷静に仕上がりをチェックしてくれた友達もいます。
コンペという刺激に動かされるのもいいなって
思いました。

ある雑誌のコンペ：雑誌『ecocolo』にて行われたブックカバー・デザイン・コンペティション。

結果をだせたことと研究に生かせることが
うれしいです。
そして自分で用意した切符ではなくて、
突然渡された切符に身を委ねてみることも
大切なんだと気づけたことが大きいです。
もしかしたらこのことが私にとっては一番
今回得たものかもしれないです。
そういうきっかけを与えてくれた彼に、
友達に感謝をします。

2006年8月20日(日) 赤岩

● 脱皮したいといいつつ抜け殻を幾重にも着重ねる自分

日芸*に行った予備校仲間S君（年齢的には1コ下だけど）からお昼にメールが。
「今日の新日曜美術館*を見てください」とのこと。
というわけで見てみました。

新潟の山の中で現在行われている
「越後妻有トリエンナーレ*」の特集でした。
里山の中での現代美術イベントということで
色々な雑誌で取り上げられてはいたけど、
自分がきちんとした情報を取り入れたのは
今日が初めてだったり。
『美術手帖*』チラ読みくらいはしていたとはいえ、
美大生失格。
S君が参加したのは、《脱皮する家*》という作品。

日芸：
ニチゲイ。日本大学芸術学部の略称。著名人多数。

新日曜美術館：
NHK教育テレビの番組です。

越後妻有トリエンナーレ：
「越後妻有アートトリエンナーレ2006」のこと。3年に1度、越後妻有地域（新潟県十日町市・津南町）の里山で展開される自然とアートと人間の「大地の芸術祭」。越後妻有は、「えちごつまり」と読む。

『美術手帖』：
アートを幅広く紹介する月刊誌。美大生としてはパラパラとでも目を通しておきたい。

《脱皮する家》：
あちこちのメディアで紹介されてましたね。

日芸彫刻のメンバーで、煤けた廃屋のありとあらゆる表面をのみで削っていく。
黒ずんだ重苦しい木肌から、
若々しい樹の色が覗きだす。
そして、家の中心を基点に渦巻き模様の彫り跡が廃屋いっぱいに広がる、というものらしい。
1年半会っていないうちに、S君はでっかいことをしてきたんだなぁ、と思った。
それに比べて自分はどうなんだろう。

ちびくろもある種「でっかいこと」に変わりがないはずなのに、なぜか後ろめたい[*]。

なぜか後ろめたい：こういうとき、なぜか延々とえんぴつを削ってしまう美大生は多いんじゃないだろうか。

美大生の本分＝作品制作をおろそかにしているから？
ある意味当たっているけど、それは言い訳かも。
何事にも「割とあり」で済ましてしまう先輩は、「じゃあちびくろに没頭すればよい。同級生に会うたびに『久しぶりだね』といわれるがよい」といったけど、自分は機械的にその意見を却下。
「サークルばかりやる大学生はダメ学生」という、ステレオタイプなレッテルを適用して。
馬鹿じゃん。
自分がまさにそうなのに、
矛盾的に自己否定しているし！
「優等生」っぽくなりたいだけじゃん、
先生を「優等生萌え」させたいだけだったじゃん、
今までの自分の人生の大半！！

（「萌え」の用法間違ってるかもしれないけど。
「脊髄反射」のほうがよかったか？？）
…発狂しそうになったから、ちょっと
冷静になろう（汗）。

とりあえず、行けそうだったら
最終日に行ってこよっかなぁ*。
S君が関わった「でっかいこと」を肌で実感して
みたくなったし、色々うだうだ言っている
自分をどうにかしたいし。

行ってこよっかなぁ：
行っちゃたんだなぁ⇒109～122頁

2006年8月28日（月） una-pina

● GDP*終了。

終わりました。
実は、ほぼ毎日出勤していたのですが、
さすがに疲れました。
ビッグサイト*は遠いですってば。
夜飲みに行ったりもしていましたが
・・・さすがにさすがに今日は寝たきりでした。
会場には色んな人が来ていました。
色んな懐かしい人も。
こういう機会じゃないと会えない人も。
まぁ、とー某さん*、MMンガさん*はご来場じゃ
なかったんですが、2人にはまぁ、
日常でも会えるから、いっか。
日本最大のデザインイベントと呼ばれているだけ
あって、本当にデザインの世界って狭いんだな、

GDP：
グッドデザインプレゼンテーションの略。グッドデザイン賞の審査会場を公開して開催する日本最大のデザインショー。ムサビは特別企画展「Design Communication」に参加しています。

ビッグサイト：
東京・有明にある総合コンベンション施設。

とー某さん：
2005年空デ卒業のムサビ日記ライター「とーぼー」さんのこと。現在帽子デザイナー。

MMンガさん：
ムサビコムのメンバーMoMongaさんのこと。

と思ったりも。悪いことはできません。笑

ところで、手羽歩き*のヒトも
ビッグサイトに出現！でした。
学生さん緊張してましたね。
una-pina はプレゼンを見ながら
ヒヤヒヤな汗かきどおしでした。
とくに、パワーポイント*のアニメーションが
すっ飛んだときとか、
「ティーシャツを・・・・干します」の間が
妙に長かったときとか。笑

手羽歩き：
手羽の歩き方は特徴があり、それを「手羽歩き」と命名された。ちなみに早朝にブログ日記を毎日書いてるため、朝早い時間のことを「手羽タイム」という。

パワーポイント：
Microsoft 社のプレゼンテーションソフト。通称「パワポ」。あまりにもこれを見事に使いこなすと、なぜか「ヤなやつ」と思われてしまう。una-pina さんのように、緊張のあまり画像データがうまく出なかったりするほうが好感度が高かったりして…。

あーーー夏休みが終わってしまう。
宿題とか卒制準備とか飲み会とか、やり残しが
まだまだまだまだあります。
延びないかなーなつやすみ。
でもみんなに会いたいなーなつやすみ。
ああでもやっぱりまだ会いたくない気もするなー
なつやすみ。

2006年8月31日（木） MoMonga*

● さよならナツ

ぶはっっっっ。
おまたせしましたMoMongaです。。。
・・・・あ。
マッテナイ。。。。??
気付いたら、もう8月も終わり。

MoMonga／モモンガ：
エデのクラフトデザインコース、テキスタイル専攻4年。2004年4月から参加。ムサビ日記初期メンバーの1人⇒260頁

久々に街をウロウロしてたら、すっかり秋モード
で浦島太郎な気分でした。。
GDP にも行けなかったし（ごめんよ una-pina）
なんだかやり残したコトだらけの
学生最後の夏休みでした。
まあ、そんなもんです。
現実ってやつは。（老け）
個人的には大学 2 年の夏が一番、
ナツしてた気がします。
旅行であっち行ったりこっち行ったり、グループ
ワーク頑張ったり、、、、あーなつかしい。
話はもどりますが、MoMonga のウロウロスポッ
トのひとつに Francfranc があります。
よく訪れるのは、自由が丘と新宿のお店。
もう 10 年くらい前からずっと好きなのです。
ディスプレイの美しさといい、
遊び心のある商品といい、心地よい音楽といい
いつもココに行くとワクワクしてしまう。
大好きな空間のひとつです。
い・・・いつか自分のつくったインテリアアイテ
ムをここに置けたらいいな。。。。。
なんて思ったり。
ふとガラス越しに外をみてみると
イカツイ兄ちゃんが納品された段ボールの山を
わっせわっせと仕分けてました。
ディズニーランドでミッキーマウスが着ぐるみ
ぬぐ*のを見ちゃったような気分になりました。
うん・・・現実だね。

着ぐるみぬぐ：
ミッキーはミッキーだよ。
着ぐるみって意味が全然わ
かりません。

9月 学生である身分の優雅さである

2006年9月5日（火） tank

● 自分を追いつめるための記事

卒制のテーマが決まったよ。タイトルは
「あ〜いるいる・キャラクターカタログ」（仮）
……このタイトルは絶対変えると思いますが。
簡単に説明すると
「存在はするけど認識はされていなかったキャラクター」を紹介するカタログ。
最近だと「キモカワイイ」とか「ブスカワイイ」とかいうキャラクターが認識され始めたけど、それまでだって単に名前が付いていなかっただけで
「あ〜そういう子いるよね」
という程度に存在はしていたはず。
そういう類いの、まだまだ埋もれている「いるいるキャラ」を発見していこう、という作品です。
例えば最近見つけたキャラは、こんな感じ
・不運キャラ
・おねむキャラ
・ドタキャンキャラ
・食べ物の写真をすぐ撮るキャラ
・事後心配キャラ

・自己肥小キャラ
・なんでもできそうキャラ
・初対面の人に人生相談キャラ
今はとにかく沢山のキャラを発見するようにしています。そして見つけたら第三者に聞いて「あ〜いるいる」と言われたらとりあえず採用。
と言っても今のところ決定してるのは20キャラくらい……全然少ないです。

この制作をやる意義としては、最近はどんな業界（アイドル業界とかお笑い芸人とか漫画とかホストとか？）にも多様なキャラクター……つまり「キャラ立ち*」が求められていると思うのです。
その割には、今あるキャラ立ちの方法って視野が狭すぎるような気がする。
「実は知的」とか「頭の悪いアイドル」に「メガネ」とか？ありきたりなキャラ設定にビジュアルの差だけで個性を出してるような、
そんな傾向が強く感じられるんですよね。
でも人間って何もいま存在する言葉……「明るい」とか「暗い」とか「天然」とか「悪女」とか……にキャラを当てはめられるほど単純じゃないって思うのです。
人間って、もっと多面性のある生き物じゃないでしょうか？
このカタログはそういうところに目を向けた、新しい「キャラ立ち」のためのカタログなのです。
（……に、なったらいいな、と今は思ってる）

キャラ立ち：
個性（キャラクター）がはっきりと出ること。

こういうところに*テーマを載せていいものか迷ったけれど、もうそろそろ固めなきゃいけないから、
自分にプレッシャァア～！
をかける意味で書きました。
書いちゃった。
もう後戻りはできないぞ……頑張ろう。

こういうところに：
こういうところって言うな！

2006年9月7日（木）　MoMonga

● ソツセイ

うにさん*の「日本で一番夏休みが終わるのが早い*大学は、武蔵野美術大学だそうです」に
ひどく心がクジケタ MoMonga です。
あ・・・そうなんだ。そうだよね。
確かに中高生とほぼ同じスタートだもんね。
毎年この時期は、あと１ヶ月近くある夏休みを謳歌する他大学の友人を横目に課題を進めるのです。
昨日、友人の１人がおフランスへ旅立ちました。
・・・・ウラヤマシイ。。。

うにさん：
⇒ 128、258 頁

日本で一番夏休みが終わるのが早い：
真偽は不明ながら、2006 年は９月４日から授業開始。

友人「ねえ、夏あそぼーよ」
M「いいね～。8月○日なんかは？」
友人「ごめーん。その日ダメだ～。9月は～？？」
M「・・・・・・・・
　　　　　ごめん。学校なんだ。。。」
みたいな会話が毎年くり返されて来ました。
切ないぜ。

まあ、今年は切ないとか
言ってられないんですけどね。
だって、卒制だもんね。
卒制に限らず、毎回課題のイメージやら
コンセプトやらが固まるまでが
結構ストレスだったりします。
なんかこう、色んな考えがグルグルグルグル
頭の中に散乱していて、
必死に整理しようとするんだけどなかなか
焦点があわなくて、
あと、もうひとつピースが見つかれば、
ガシっと
ピントが合う気がするんだけど
そのピースが何なのかがわからない。
みたいな。
でも、ガシっと見えた瞬間*は相当快感です。
しかも、その瞬間が訪れるのは大抵、
電車ん中とか歩いてる時とか
自転車こいでる時です。
うん。非常に危ない。
いつか事故らないか心配です。

昨日もぼやぼや考え事しながら弁当買ってたら
うっかりお金だけ払って帰ろうとしてしまい
「お客様！お客様！」と店の外で呼び止められ
買った弁当を渡されました。。。
あーあ。

ガシッと見えた瞬間：
「考えなくちゃ」と思ってるときほどアイデアは浮かばないもので…。

2006年9月9日（土）　卜部

● 一匹狼

火曜日の話になるんですが、
遅くなって申し訳ないです。
後期で初めてとった体育の授業があったのですが、
個人的に衝撃的な事実が…。

実は、
卜部以外は全員女性だったのです。
つまり、男が自分しかいなかったのです*。
1：38 ぐらいの比率です。
故に 97.4% は女の方です。

卜部がひとり
　：
体育ひとり
　：
劇団ひとり
な状態。

さらには午前の選択必修の科目も
クラスの中では映像ひとり。
クラスは空デと建築の方で大半を占めています…。

以前、フジテレビのトリビアの泉という番組
（皆さんご存知でしょう）内の
トリビアの種のコーナーで

男が自分しかいなかったのです：
学科にもよるが、ムサビの全体的な男女比は女 7 男 3。

「野生の一匹狼が何を訴えかけて吠えているのか
をバウリンガル*を使って調べる」というような
ものがあったのですが、その結果が
「僕はどうすればいいの？」でした。

バウリンガル：
犬の気持ちを翻訳するコミュニケーションツール。
ほんまかいな。

今、痛いほど気持ちがわかります…。

2006年9月10日（日）　凡々

● 後期はじまりました

後期に入ったので前期の成績表が
手元にやってきました。

どれどれ。。。*
お！足りてる！
前期にもうだめだと思ったのに足りてました。
これで一安心です。って言っても安心できるほど
の余裕はありませんが。
後期はゼミに分かれたので、
なかなか友達に会える機会が少なくなりました。
講義の授業でもそんなに会いません。
みんな単位を取り終わって、
来てないのでしょうかね。
そのわりに焦っている人をよく聞きます。（笑）

どれどれ。。。：
社会人になるとこういうドキドキや満足感がないなあ。

授業で学年を聞かれたりするんですが、
「1年生の人ー？」
に手を上げる人がたくさんでした。

そういえばみんな見たことない顔でした。
あー、もう大学に入って 3 年になるのか、
と感じた凡々でした。

ゼミは楽しく進行中です。

2006年9月10日(日) ひだまり

● ひだまりのある日。

あまり興味がない方は
「やぎじいさん」でお楽しみください。

金曜日。運動不足にならないように自宅から
隣町まで一駅歩く。
行く途中に道路の隅にかたつむりが転がっていて
驚いた。いたんだ、かたつむり！
近くの花壇に移動させようかと思ったけど、
水たまりがよさそうに見えたのでそのままにした。
隣町から電車に乗って鷹の台まで。
バス通学の人は多いけど、私は玉川上水*を歩いて

玉川上水：
江戸時代に作られた多摩地区を東西に流れる生活用水路。ムサビのそばを流れており、鷹の台駅から玉川上水遊歩道を通るのがムサビまでのオススメルート。太宰治が入水自殺した水路でもあり、「太宰治の顔をした犬を見た」なんて都市伝説もある⇒ 91 頁

通学です。1時から授業。
先生が「ひだまりさんのために」
と古い本を持ってきてくださってみんなで鑑賞。
いろいろすごいなとかいいなとか感じているのに、
どうもそういう感情表現が私は苦手らしい。
無に近くなる。
今週はそういう自分に反省することが多かった。
少しくらいオーバーに反応しても
私にはちょうどいいくらいな気がする。
友人が心を動かされた感情を直球でぶつけて
先生もうれしそうにしているのを見て、
見習いたいなーとつくづく感じた。
せっかく先生が「私に」と言ってくれてまでいたのに、反省。

授業後、院生室*で韓国人の同級生と
文化の違いを話し込む。
一番の衝撃は、韓国ではバスタオルは
あまり一般的ではないということ。
お風呂上がりに使うのは、バスタオルではなく
フェイスタオル*。
みんながそうとは限らないけど、日本人の私は
フェイスタオルではもの足りないんですけど、
どうですか？
あと銭湯に行ったとき、お風呂から出て
裸でしばらくいるのは抵抗はありませんか？
韓国人の彼女曰く、同性なのにどうして隠す！っていう考えなんですけど。

院生室：
大学院生の部屋。生活必需品が揃っているところが多い。

バスタオルではなくフェイスタオル：
うちの両親も手ぬぐいで全部完結させますが、それが何か？

2人でさんざん話した後に一緒に帰る
（帰りながら話せたのではないか…？）
鷹の台の駅の通りの八百屋さんで
大きなぶどうを買いました。おいしいです。

夜に新宿で短大時代の友人とごはんを食べる。
ギリシャ旅行のお土産のお酒をいただく。
今週は同級生からイタリア旅行、韓国帰省の
お土産をもらった。
私はどこにも行っていないけれど、遠くから私の
ところにやってきたものたちに囲まれている。
久しぶりのお酒だったので、以前よく飲んでいた
チャイナブルー*にしたのに、半分もいかないうちに
真っ赤になって顔がゆるんでベロベロな見た目に
変貌していた。
結局最後まで飲みきれずにお水をお願いする。
まだお店がやっていたので
友人といろいろ見ることができて楽しかった。
でも帰ってからベッドに横になったら
そのまま寝てしまい、深夜2時に起床。
夜中にお風呂に入って、それでも翌日7時に起床。
ここでお昼まで寝てしまったらいけない、いけない。

チャイナブルー：
ライチリキュールを使ったカクテル。アルコール度数は高くない。

2006年9月10日（日） 赤岩

● 越後妻有のよろしくない回り方（そのいち）

7:30 練馬区役所前から新潟行きの高速バスに乗る。途中の案内看板の地図が微妙に合ってなかっ

たのを見たせいか、バス停を通り過ぎてしまい危うく迷ってバスに乗り遅れるところだった。
8:35 上里 SA で休憩タイム。売店で新潟の地図を発見。十日町付近は縮尺が 6 万分の 1 でちょっと粗いけど、この先本屋さんに寄れるかわからないので思い切って購入。
10:10 六日町 IC で下車。地図によると 1 キロも歩かないところに路線バスの停留所があるらしいので行ってみる…あった。が、次のバスは 1 時間以上あと。しょうがない。六日町駅まで歩いていこう。岩間駅〜分校間よりかは短いし*。歩いている途中、念のため携帯で時刻表検索。次の電車は 10:53 で、その次は 12:01 ！？
あまりのんびり出来ないかも。

岩間駅〜分校間よりかは短いし：
アトリエちびくろは春と夏に茨城県岩間の廃校となった小学校で図工教室を開催している。

10:40 六日町駅着。駅前ではちょうどフリマをやっていた。でも見る時間はない。近くのショッピングセンターに A コープが入ってたのでそこで 1 ℓ ペットボトルのアクエリアスを購入。
田舎では店があるうちに買っとくべき。
そのあと、ほくほく線に乗って十日町へと向かう。
都電のようなワンマン運転、無人駅では整理券配布、ボタンを押さないと開かないドア、そして運賃表示機に出る異様に高い金額にびっくり。
見聞きするのと実体験するのではやっぱり違う。
11:10 十日町着。駅近くのセンターでパスポートとガイドマップ・ガイドブック（『美術手帖』の増刊）を購入。
十日町のピュアランドという広場では、ムサビの元講師が出展して、ちびくろのOGも手伝っている作品があるのでそこまでの行き方を聞いてみる。…20分くらい歩きましょうとのこと。自転車だと坂がきついし、そもそもレンタサイクルが出払っちゃっている状態。うん、20分だったら歩いていこう。その前に腹ごしらえを…と思ってウロウロしたものの、近くにマックみたいに早くて気軽に食べられる店がない模様*。
とりあえずピュアランドに行こう。

気軽に食べられる店がない模様：
どこにでも
あると思うな
マックと画材屋。

12:00 ピュアランドに到着。制作者の守屋さんと小串先生（元・教職課程担当）、ちびOGの「おがっち」と会う。これからどうするの？と聞かれて、予備校友達が参加した《脱皮する家》に行きたいと言ったら…。

「えーーーー？あそこは行って帰ってくるだけで1日がかりだよ。バスが通ってないから車で行くしかないし」
「そうですねー、地図でも端っこのほうにありますし」（←まだ事の重大さに気づいてない）
「まつだい駅から車で20分くらいかかるよ。
駅前でレンタバイクとかあるけど」
「いや、免許はまだ取ってる最中で…」
「え、原付もないの？」
「ないです…」
結構呆れられてしまい、事の重大さに
ようやく気づく自分。で、解決策はというと。
「もうこうなったらヒッチハイクしなさい！今日

は最終日だから《脱皮する家》に行く人が多いだろうし、駐車場の近くで車を捕まえなさい！」
「え、ヒッチハイクですか…」
「そうよ、歩いて行けるわけないから紙に《脱皮する家》までと書いて車を捕まえなさい」
「…（汗）」

で、たまたまそばにいた老夫婦に
守屋さんがお願いをしてくれて、
とりあえず松代まで乗せてってくれることに。
何度も謝りながら車に乗り、
まつだい「農舞台」を目指すことに。
どうなる、赤岩。
かなり長くなるので、明日に続く。（文中の時刻はおおよそのもので、会話の内容はあまり正確ではありません。ニュアンスで読んでください）

2006年9月11日（月）　赤岩

● 越後妻有のよろしくない回り方（そのに）

12:35 高崎から来た老夫婦の車に乗せてもらって、まつだい駅前に到着。道は混んでいなかったけれど、駅前の駐車場は満杯。
そこで線路をはさんだ向こう側に「農舞台」なるものがあるというので行ってみると、むしろこっちのほうが混雑していた。
道路では路上駐車の大名行列。
とりあえず道端でおろしてもらった。

何度もお礼を言った。
松代のトリエンナーレセンターで試しに《脱皮する家》への行き方を聞いてみたけど、やっぱり車しかないとのこと。でもヒッチハイクは避けたい…。
とりあえずピュアランドで小串先生からもらったパンでも食べようと芝生のほうに移動したら、目の前にはイリヤ＆エミリア・カバコフの作品《棚田》が。
思わぬところでイベントの代表作を発見。
新日曜美術館ではこれをバックに収録をしたんだっけなぁ、と感動してみる。
…単に下調べをしてなかっただけなのだけど（汗）。
田植えをかたどったオブジェを前にパンをかじったあと、移動する前にトイレに行っておきたいと思い、頭上にある「まつだい雪国農耕文化村センター」（長い）の男子トイレに入る。

…何だこれはぁ！？

壁一面がカドミウムオレンジ。
グレープフルーツの中に閉じ込められた気分。
密室であるせいか、余計に色味が強く感じられる。
個室に入ってもオレンジ。落ち着かない。
目がチカチカしてうっすら紺色が見える。
これが補色関係ってものか（違）。
しかも出入り口と個室のドアがほぼ同じ形。
間違い探しか？
違うドアを開いたら罰ゲームで何かが

降ってくるのか*？なんてわかりづらいデザイン。ともかく、ここまで自己主張の強いトイレは初めてだ…人によっては吐いてしまうかも。
（↑読みづらかったらごめんなさい。そのときの衝撃を表現しようとオレンジ色の文字にして見ました。が、本物はもっとどぎつい色*です。）

何かが降ってくるのか？：そうそう、タライとかね。

本物はもっとどぎつい色：予算の都合上、本書ではモノクロになってしまいました。

13:00 さっき地図を見てみたら、作品のある峠地区にバスが走っているらしい。しかも駅の近くを通るらしい。バス停に行って時刻表を確認。
あ、もうすぐバスが来る。
…でも行き先が違うみたい。すぐ来たバスの運転手さんに聞いてみると、ここから峠に行くバスはない模様。がっかり。
とりあえず、駅そばのセブンイレブンでお茶と新潟日報と十日町新聞を購入。旅をするとなぜか地元紙を買っちゃうんだよなぁ。
きちんと保存しないのに。
13:15 駅前のふるさと会館でネット検索したけど、有力情報は得られず。
地図に「営業所前」という文字があったので行ってみたけど、バス会社どころかバス停もなかった。
とりあえず、前に進もう。地図を見ながら。
あ、この川を渡るんだ。
あ、千年バス停だ。
あ、堂の前バス停だ…。
埒が明かない。ふくらはぎが微妙に筋肉痛。
腹をくくって。リアルヒッチハイク決行。

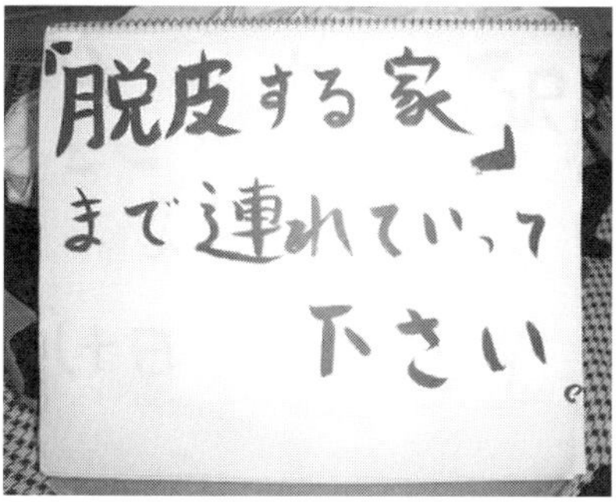

↑筆ペンでクロッキー帳に書いてみる。
必死だけどパンチがないプラカード*。うぐぅ。
でもやらないよりはましだと思い、車に向かって上げてみる。…むなしく通過。次の車も通過。
やっぱり難しかったか。
今度の車は…げ、女の人が笑ってるみたい。
そしてやっぱり通過。
やっぱり自分は馬鹿なんだ。べっこり。

パンチがないプラカード：《脱皮する家》を知らない人が見たら、充分パンチがあると思うが…。

13:30 が、6台目くらいで止まる車が。峠地区の近くに行くところだから乗せてあげます、とのこと。やったー！お礼を言って乗せてもらう。
小雨が降り出したところだった。
車に乗っていたのは長岡に住む男子大学生2人。
学校のゼミでドキュメンタリーを作るために、
素材になるものを撮りに行く途中だとか。
ヒッチハイクのお礼を言うと、ここに来る前に脱輪しちゃって、でも偶然通りがかった車に助けてもらったんですよ、やっぱり世の中持ちつ持たれつなんですよ、と運転している人が言う。

本当にありがたい、そして申し訳ない。
そんな気持ちになった。
途中道を外れつつ（笑）、話をしながら峠地区に向かっていたところ。
さっきの小雨が、急に強くなる。
そして超ど級の局地的集中豪雨に大変身。
「ざがざーーーーーーーーーーーー」
がーーーーー殴るように振ってくるーーーーー！
ワイパーを最速にしてもふき取りきれないーー！
己は機関銃かーーーーーーーーーーーーーーー！
「この辺りは山だから天気が極端らしいけど、ここまでのはめったにないですねぇ」と運転している人。
記録的なものに当たってしまったか…
さっき拾われて、本当に良かった*（汗）。

本当に良かった：
運も実力の１つだ！

14:15 峠地区に到着。やはり、ここの駐車場も満杯で、辺りは路上駐車だらけ。
《脱皮する家》の前まで送りますよ、と言ってくれた通り、斜面の円周道路をぐるーっと回って
作品のすぐそばまでで止まってくれた。
何度もお礼を言いながら車から降り、
予備校友達が参加した空家アートへと足を運ぶ。

2006年9月12日（火） 赤岩

● 越後妻有のよろしくない回り方（そのさん）

14:20《脱皮する家》に到着。
もともとトリエンナーレに行こうと決めたのは、
新日曜美術館で特集が組まれる日に、予備校で一

緒だったＳ君からメールをもらって、どんなことをやったのかを実際に見たくなったからである。
そのときの（痛い）日記はこちら*。

こちら：
⇒ 96頁（8月20日）

というわけで、Ｓ君どこかな～、と探そうとしたら、即発見。入り口で案内をしてました。
いやあ、すがすがしい坊主頭、
受験時代とあまり変わらない（笑）。
あ、でもめがねかけてる。視力悪くなったのかな。
間を見て声をかけると、向こうもすぐわかってお互いに挨拶。たぶん、自分もあまり変わってないと思われてるかも。
話もそこそこに、Ｓ君も参加した古民家の
「脱皮姿」を見に中へ入る。
びっしり、鑿の跡。柱にも、梁にも、漆喰の壁にも。
「無数」という単語では表しきれない彫り跡の数。
いったいどれだけの労力が*かかったのだろう。
靴下を脱いでみる。床の凹凸を感じる。
近くにいた子どもが「気持ちい～」と叫ぶ。
観るだけでない、触覚も駆使して造形を楽しむ。
２階に上がっても彫り跡に囲まれる。
小さな部屋には床の間があった。形自体はそこまで変わっていないのに、「脱皮模様」によって独特の風情がかもし出されている。
もっとも、この床の間自体は大工さんに作ってもらったもの…と、いつの間にかそばにいたＳ君が、見学する男性に説明していた。
吹き抜けで下の居間が見える。

いったいどれだけの労力が：
実に３年がかりのプロジェクトだったそうです。すごい！

覗くと、丸い彫り跡の模様が見える。
見えざる何かが、家のいたるところから居間の中心に向かって凝縮されているようだ。
（話は外れるが、新しそうな引き戸には鑿跡がついてなかった。何でだろうと思ったら、戸の隙間からシステムキッチンが覗いて見えた。きっと持ち主が増築したんだろう。再生が必要なほど古くはないから、「脱皮」の必要性はないのだろう）
再び１階に降り、床の跡を楽しむ。
すると、そばにすっとＳ君が現れる。
「…すごい」
それを言うのが精一杯だった。
ほめようにも言葉が浮かばない*。
作品のすごさに圧倒されたのもあるけど、
明らかに今の自分の教養力は、
美大生として、いや大人として明らかに貧相。
上記のような状況説明＋αは何とかできるけど、
そこから深めることが出来ない、
そのための力が自分にはない。
知識が足りない。語彙力がない。表現技術もない。
それらの下地になる、体を張った実体験も少ない。
何もかも足りない。成長していない。悔しい。
この状態で下手なことを言ったところでＳ君に対して失礼な気がする。
知ったかぶりになってしまう。
だから無難な単語を並べることしか出来ない。
自分の鬱積した感情は厭というほど言語化できるのに、目の前にある壮大な作品とその制作に

言葉が浮かばない：
こういうときに言葉数多くほめると、批評してるように聞こえるのでそれでいいと思う。外国人ならいきなりハグかもしれないけど。

参加した友人をほめることが出来ない。
それが悔しい。
そのあと、土間のあたりにあったアルバムを見る。
山の中の空家が、「彫る」というひとつの行為に
よってアートになる、
劇的ビフォーアフターの記録写真。
実際に作業している様子のものが多いけど、中にはご飯を食べたり、雪で遊んだり、飲み会でハメを外したり、共同作業によってみんなが仲良くなる過程が収められていた。楽しそうだった。
負けた*。自分は何をやっているのだろう。
ちびくろの図工教室で対抗できる
かもしれないけど、「じゃあ、本業の彫刻は？」
と聞かれたらもう終了。何も言えない。
彫刻で何も残せていない。
自分の行く道を、きちんと考えられていなかった。
ならばこれから、今から考えねば。
帰りがけ、S 君に「がんばってね」と言って
《脱皮する家》を後にする。

負けた：
自尊心とコンプレックスのかたまりである美大生が「負けた」と素直に言えるのは、いいことだと思う。

14:50 せっかくなので周りの作品も見てみる。
やはり空き家を使ったものばかりだ。
その中で気になったのは丸山純子の《無音花畑》。
スーパーのビニール袋で作った造花でインスタレーション*をしているのだが、その舞台はかつての学校。自分の頭の中で、ちびくろで使っている「岩間第一分校」（現·笠間市立体験学習館 “分校”）とすぐさまリンクした。

インスタレーション：
空間自体を作品とする芸術。

2階建てとはいえ、分教場らしい規模の小ささ。
元となった学校は明治9年創立だから相当古いけれど、昭和59年に廃校。
岩間のそれの1年後である。
以来、ライスセンター兼公民館になったり、
減反政策のときは味噌作りをはじめたり、
公民館が移転したり。
そして今年、味噌作りも「卒業」するとのこと。
最後の「作品」は、ポリエチレンの花で埋められた引き戸の向こうにある、熟成室で静かに
「卒業」の日を待っていた。
またかつての教室には、椅子と長机が並べられていて、やはり周りに石油生まれの花が咲いていた。
人工物で出来た花びらの中で、
蜂が1匹、息絶えていたのが印象的だった。
15:10 作品を見終え、帰ることにする。近くの道をうろうろしてみるが、バス停ひとつなかった。
地図にあった路線は、やはり廃止されていた。
畜生、行きのときに無駄足を踏んでしまった、と無駄な後悔。そしてヒッチハイク。
「まつだい駅までお願いします」とクロッキー帳に書いて道行く車に見せてみるが、
止まってくれるものはなし。
車内を見ると、満席の車ばかり。
明らかにもう1人は乗らない。
行きの時にすぐつかまったせいか、
帰りに何台も通過していくのがつらかった。
本当のヒッチハイクはこれくらいのむなしさが普

通なのかもしれないけど。とりあえず前へと歩く。
1キロくらい歩いただろうか。
結局車がつかまらず、とぼとぼと歩いていた。
あ、この先は急激なヘアピンカーブだ、
ヒッチハイクしても危ないから
止まってくれないだろうなぁと思い、
クロッキー帳を閉じて進んでいた。が。
今通り過ぎたあの車が、ヘアピンの頂上で止まって…バックしてくる！？もしや！
ヒッチハイクしなかったのに
車に乗ることが出来た。感謝。
お礼を言うと、「この山道を独りで歩いているのが異様だったからね。暗くなったらもう終わりでしょ？」と言われてしまった。街灯の殆どない道を歩く自分は、やはり馬鹿だった。
その後、大学生？やっぱり美大系？と聞かれて、ムサビですというと、なんと助手席の女性がうちの彫刻学科のOGだった。しかもS先生の同期。
アートイベントとはいえ、世間は狭い。
（あ、そういえば名前聞けなかったな。それ以前に、自分も名乗れなかったけど*…ってそれだと怪しい人じゃん。行きも名乗らなかったし。汗）

名乗れなかったけど：ヒッチハイクってしたことないけど、名乗るもの？

ほかにも、「日帰りでヒッチハイクは無謀だって。むしろツアーバスに乗ったほうが効率的」とか、「山道が多いから車かスクーターで行かなきゃダメじゃん」とか、「こういうイベントは、少人数の友達グループで行ったほうがいいよ」とか…
色々ありがたいご助言をいただきました。

単に自分がダメ人間なだけですが。
15:45 まつだい駅に到着。次の電車は 15:58 で時間がない。駅前の作品をきちんと観れないまま、トイレに急いで行ってから、ほくほく線で十日町へと向かう。

あと 1 回*。でも山場を過ぎたから明日は物足りないかもしれない（汗）。

あと 1 回：ブログではこってり展開されましたが、紙面の都合上、割愛しました。ごめんね赤岩さん。

2006年9月14日（木）　鈴嵐

● そつせいって、つおいの？

誰かと顔をつきあわせれば
卒制どうすんの？という話ばかり。
どうすんのっていっても。ねぇ。
あんたこそどうよ、としか。

「いろいろなこと」とか
「いろいろ自分なりに感じる」とかいうような
それっぽいていの安っぽい言葉で、
意味を束ねて殺すようなのはしたくないから
なんかこう、
胸のうちはちゃんと汲んでいきたいなぁ、
と思います。
あと as 丁寧 & 完璧 as possible ですね。

他には牛乳風呂のことくらいしか
考えていません。

2006年9月15日（金） ニア

● 学生優雅

右の友達が「カフェ！いいじゃない」と言った。
「東京はいやよ、やっぱり福岡よね*、住みやすいもの」「もともとは、花屋さんなんだからね」
「好きな時に開店してね、好きな時に閉めるの」
「お茶とかたくさん揃えてね」
言いだしっぺは実家で花屋。
その子が花屋の開業を口にしたら、
他の3人がここまで膨らませた。
渋谷からの電車の帰り、ぎゅうぎゅう詰めで、
2人は座席に座り、他がその前で立っていた。
予備校が一緒で、それぞれ違う美大に行ったので久々の会合だ。
私がみんなの想像についていけず口を開けていたら、1人が「あなたは広報担当ね」と役を与えてくれた。雰囲気が私と合わないのは
彼女もわかった。人に接する仕事を与えて、
うまく活用してくれるようだ。
このテの話についていけない私は、そのような
「優雅」という言葉の生活をしたこともないし、
実践するテーマにもしたことないからである。
これは、優雅＝お金持ちだけではなく、
気の持ちようでもある気がする。
ある友達は食にはお金を惜しまない。
具体的には食材をワンランク上のものを買おうとするし、街に出ると、おいしいデザートを

やっぱり福岡よね：福岡名物というとラーメンや明太子が出てきますが、魚がうまいことは意外と知られていない。夜食べにいくならラーメン屋でなく魚料理のお店がオススメ。ラーメンはその後。でも福岡市の最大の利点は空港がすぐそばにあること。やっぱり博多よねっ。

食べるか食べないか、で満足度が違う。
彼女の家に行った時に野菜スープを頂いた時に
思った「最後に乗せるセロリ！」
優雅な匂い*を一瞬で感じた。
この食において「質」を求める生活は、残念なが
ら私そのものに備わっていなかったようである。
いかに安い食材を買うか、と気をつけ、何が食べ
たい、と思うより「何の栄養分が足りないか*」と
お腹と相談している。
まさに守りの食生活だ。
これは私のこれまでの環境の所為ではないと思う。
両親は私においしい料理を食べさせてくれたし、
コックだった父の作るチャーハンは
どこの中華料理屋よりもおいしかった。

「優雅」という生活は、
学生の時には不必要だと思っていた。
何かにお金をかける、という質のこだわりは、
多少服や靴であるのだが、ちっぽけなものでしか
なく、生活を潤わせることを
常に心がけることなんて無理だ。
そのように考えていた自分を振り返ると、どうや
ら私は優雅を追い求めるのはモノというより、
無形の「時間」のような気がする。
忙しい中の時間、そのほんの合間を見つけて、
カフェに入った瞬間のため息と体のリセット。
設備などの質はあまり問わない。
最低限うるさくなく、

優雅な匂い：
サラダにトッピングするひからびたみたいなタマネギチップとか、カレーの黄色いごはんとか？

何の栄養分が足りないか：
これがエスカレートして課題提出前になると、食べられるなら何でも優雅ってことになる。ここまでくると元も子もないけど。

リラックスできる場所でいい。
そう、喫煙席でなく禁煙席であればいいのだ。
どんなに忙しくて追い詰められても私はその時間を作る。そうすることで、リズムを整える、
これが私の学生である身分の優雅さである。

朝ゆっくり起き、好きな時に仕事をして、時間をかけて作ったおいしい食事を好きな人と食べる。
このような生活を私は、40 歳くらいで望む*。

40 歳くらいで望む：
40 歳なんて随分先の話だと思ってるでしょ？

2006年9月16日（土） ト部

● 警備員さんごめんなさい m(_ _)m

先程まで学校（工房）にいました。
明日講評される絵画課題の制作のためです。
工房の使用は午後 10 時まで*と決められているのだけれども、なかなか納得のいく作品に仕上がらなくてその時間を過ぎてもずっと工房にいました。
後もう少し、というところでタイムアップ。
警備員さんが工房の出入り口に立って
腕時計を睨みつけてました。
ほんっと、すみません。
で、素直に道具を片づけ。
でも素直にあと 30 分あればできそうなのに…、
とも思いつつ警備員さんに再び謝ると、
ト部がそう思っていることを察知したのか警備員さんから、朝は遅くとも 7:20 から*工房は開いているとの情報を頂いたのです。

午後 10 時まで：
工房・アトリエの使用は午後 8 時 20 分までだが、研究室が認めてくれた場合は午後 10 時まで延長使用が可能。

7:20 から：
ケースバイケース。基本は午前 9 時から。

ほんっと、ありがとうございます！
そう言って学校を後にしました。

※よいこは決められた時間にちゃんと帰ってね。

2006年9月17日（日） una-pina

● 秋の新入生歓迎会

大学に入ってすぐ、夏休み前ぐらいまではチヤホヤとタダでご飯が食べられるのは、1年生の特権ですが、工デは実は2年になってからもチヤホヤのタダ飯があるんです☆☆☆

工デは、ご存知の通り2年生の後期から各専攻*に分かれます。最初130人前後が、一気に各専攻5～40人ぐらいに分かれて、
それぞれの専攻の上級生に歓迎して貰えます。
今年はIDコースに進んだ2年生がかつてない人数で、現在41人も2年生が居るんですが、
それに上級生含めて約100人・・・
（そんな群衆の食糧どうすんの？）っていう心配を、
3年生の女子たちが見事な手料理で、
3年生の男子が会場設営（マイク＆スポットライトまで！）と司会進行で、払拭してくれました。
助手さんまで、大っ量！のパスタを
振る舞ってくれました。
（あんなどでかい器・・・工デだからあるんです*ねきっと。モノがつくれるってすごい！とこー

各専攻：
工芸工業デザイン学科は、クラフトデザインコース、インダストリアルデザインコース、インテリアデザインコースと大きく3つに分けられ、さらにクラフトデザインコースは金工・木工・陶磁・ガラス・テキスタイルの専攻に分かれる。

工デだからあるんです：
そうそう、工房の前にこんな素敵なカフェコーナーがあったりして。

ゆーとき思います。笑）

歓迎される２年生はともかく、
４年生は何してたかって？
「えへへ～卒制ど～しよっかぁ～？」と言いながらビール飲んだくれてよろよろしたり、
３年生男子のエアギター*⇒エアドラムに
神妙な面持ちで感動したりしていました★
新歓って、新入生にかこつけて上級生が飲みたいだけっていうのは、
学年が上がれば上がるほど実感します。
ごめんね２年生。ありがとう３年生。

*エアギター：
エアギターで有名な金剛地武志さんは東京造形大学卒。

2006年9月17日（日） MoMonga

● 徒然

最近、よく思うコト。
卒業した後のコト。
人によって色々進む道が違うと思うけど
ほぼ間違いないのは
手を使って作る機会が格段に減るってコト。
思いかえせば高校でアトリエに通い始めてから今までずっと自分の手で
モノを作り続けてきました。
それが自分の生活の中心になっていたし
大事な自己表現のひとつだったし
一生かけて追求したいテーマでもありました。
でもまあ、そのコトとお金が直結しないのが

セチガライ現実なんですけど。
もし直結するのなら、
それはほんとに幸福なことだと思います。
その分、苦労も大きいと思いますが。
大学での制作と企業でのモノ作りとでは、
決定的に方程式が違います。
どっちが正しいとか優れてるとかいう問題ではなく構造が違うんだ。という印象をうけています。
具体的には・・・
なんかややこしくなりそうだからいいや　笑。

大好きな事や譲れない事があるのは
素晴らしいコトだし、こうやって大学で
自分の好きな事を真剣に追求出来ることも
掛替えのないコトだけど
好きなら好きなほど、真剣になればなるほど
それを背負って生きていくのは
大変な事なんだなあと感じます。
これは、美大生の宿命かな*　笑。
なんか抽象的になっちゃったけど最近、
そんな気分です。
その前に・・・・ソツセイだよねソツセイ。

美大生の宿命かな：
「美大生」「美大卒」という単語は一生ついてまわる。

2006年9月23日（土）　うに*

● 時間がない

課題でいつのまにか夜が明けようとした朝の4時。
ふと外を見ると、虹色が広がっていた。

うに：
エデ1年。2006年4月から参加。受験時代、ニアさんに相談メールを出したらしい⇒ 258頁

学校が始まって、また1日の短さを
改めて実感している。
1日が24時間じゃ足りない。
1週間が7日じゃ足りない。
1ヶ月が30日じゃ足りない。

やりたいことが多すぎる。
何かを優先したり、我慢したり、代償したり、、、
何が一番優先すべきことなのか
考え直さないといけない。

2006年9月24日(日) ELK

● MacBook

いままでWindows使いだったELKさんが、
ついにMac*を導入。
就職活動に向けてね、Mac使えた方が
いいんじゃないかと思ってね。
とまあ、MacBookの一番安いやつを
買ったのです。白いの。

Mac：
Apple社のコンピュータ「Macintosh」の略。学生や教員はMacを使ってることが多いのだが、彼らは拡張子の概念を持たないのでWindowsとのデータ交換でトラブルがよく生じる。「美大生と医大生はMacがお好き」という諺もある。

いいですよ、コレ。
画面がつるつるなのでDVDが奇麗に見られます。
でもちょっと輝度が高すぎるので
確実に視力が落ちますね。
作業中に凝視したらけっこう
ヤバいんじゃあるまいか。あるまじろ。
意気込んで買ったはいいものの、

突然のMac環境への移行で勝手がわからず、
しばらくはネットにすら繋げなくて
四苦八苦していました。
これでは高価なDVDプレイヤーではないか
と思いつつ奮闘し、ようやく繋げて今に至り、
こうして日記も書けています。めでたい。
けれどイマイチ操作感がしっくりこなくて早くも
Windowsシックに。

しかしMacというのはアレですね、
所有している満足感がすごいですね。
コイツがやってきたおかげで
部屋がオシャレに見えないこともないよ。

2006年9月27日(水) 卜部

●『作品』

絵や写真、その他の作品を創っているとよく思う
のだけれども、自分の精神状態がその創っている
作品にものすごく反映されている気がする。
というより、自分の精神そのままに*映り込んでいる。
例えば、何か自分のやるべきことに忙殺され、
そしてそのことで悩み、さらに自分を見失いかけて
いるときに創った（もしくは創っている）作品には
どこか寂しげな印象を受ける。
逆に、何かの目標を達成した後の作品には
よろこびや達成感のような印象を受けたりする。

自分の精神そのままに：
特にデッサンには顕著に出
てきますね（経験者談）

10月 美大で勉強することって、哲学なんじゃないか

2006年10月2日（月） 鈴嵐

● びだいの女子

なんでもう10月なのでしょう。
講評2週間前になりました。
なだそうそうです。

去年の今頃、油の仲良し女の子たちが
風神*でお誕生日会をしてくれたのですが、
その頃皆
愛や、恋や、夢、などで
なにかしらのモヤモヤを抱えており
はからずも全員泣いてしまった、
ということから懐古的に語る際は、
お先真っ暗パーティーと呼んでおりました。

風神：
鷹の台にある居酒屋「風神亭」。お兄さんに会いたくて足が向く。本当においしい。オススメはシャシュリークと元祖ゆきとら。

1年たったしね。
と第2回お先真っ暗パーリーが
近日催されることになりました。
今だったらあたしは去年のあたしに
「来年のが断然深刻だよ*！」と言いに行けるのに。
甘かった。

「来年のが断然深刻だよ！」：
進路や卒業制作などでお先真っ暗な状態。4年生が陥りやすい沼である。

なんせ「お金無いから、家呑み*にしようか・・・」
という話題になるほどに
去年よりグレードが落ちたパーリー。
卒制のことを考えると

財布の紐は１ミリもゆるみません。
余計泣いてしまうだろうか。

家呑み：
大学付近に下宿している学生宅で行われる。ぐだぐだな朝を迎えてしまいがちである。

2006年10月2日（月） key_t*

● 模型

key_t／キータ：
建築３年。2004年６月から参加。マイペース。
⇒259頁

建築学科の設計課題では、大抵最終提出物が
模型と図面で、その他にも設計をする過程で
何度も図面をかき、何度も模型にたちあげて
空間をみたりヴォリュームをみたりします。
とにかく、もう、紙と模型が溜まっていく。
とくに自分のつくった模型がいとおしくて
捨てられない僕の部屋はどんどん着々と模型に
浸食されていっている。
ベッドの下には1､2年のときの模型が眠っていて、
ベッドの横には敷地模型*が立てかけてあり、
本だなの本と本の間にブックエンドのように
スタディー模型*が挟まり、机の上には
小さな模型タワーがこの前できました。

敷地模型：
建物とその周辺状況（道路・隣接する建物、樹木等）を含んだ模型。

スタディー模型：
デザインの途中で作る模型。完成模型と異なり、壊したり変更することが前提。

そして、今度新しい仲間が学校から部屋にやってくる。でも、でっかいので
一体どこに置けばいいのか、、、

2006年10月3日（火） una-pina

● 内定式

本当は、ミクシィに書こうと思ったネタなんですが、
就職に対する想いは様々、
あまり生々しいこと書くのもアレかな、
というわけで、ここに書くことにしました。

昨日は内定式でした*。
10月のアタマに内定式をする企業が多くて、
昨日はエデ全体の卒展*に関する
オリエンテーションがありましたが、
IDは10人弱が欠席だったでしょうか。

内定式でした：
una-pinaの勇敢な就活
⇒4月15日（14頁）、16日（16頁）、20日（23頁）

卒展：
卒業制作展のこと。「卒制展」とも略す。この時期あたりから「ソツ」と聞くだけで、卒業年次生はビクッとする。

内定式までの期間は、「内々定」と言って、
法的にはなんのしばりもないただの口約束
（よりはマシ）みたいなものです。
内定式で内定書を貰ってやっと、
正式に「来年4月からココの会社で働きます」
っていうのが決まります。

大抵の企業はそれまでに、健康診断や学力テスト
的なものを済ませておくのですが、
実は、ウチはまだで・・・
っていうのはいいんだけど、
一般大学*の子たち、すごい！
自分が今までいかにムサビのゆるい人付き合いに
馴れて居たかということが、よくわかりました。

一般大学：
美大とそれ以外の大学を大きく2つに分けて「一般大学」と総称することが多い。なんだかぶしつけな表現だが、つい多用してしまう。ex)「一般大の男の子って荷物持ってくれるらしいよ」「一般大って構内コンビニ入ってるらしいよ」等。

これは・・・アルバイトとかで外の世界に触れてないとダメですね。サラリーマンやるなら特に。

ムサビの人付き合いは、「つくることが好き」っていうことをベースにしていて、
それがどこかで連帯感とか、「同類」っていう、居心地は良いんだけど、一方で甘えとか生ぬるさとかいっぱいな付き合いだと思うんです*。
だって、「明日プレゼンがあって」って言うだけで、それがどれだけ大変で、重要で、緊張することなのか、とか説明しなくても通じちゃうんだもん！
面接の対策をしてるときにも思ったけど、
「同類」じゃない人たちに自分を表現するのってすごくむずかしい。

それがどこかで…：
「つくることが好き」な「同類」が集まるアトリエ。

海外に居たとき、現地の人に
「日本人て、どんな民族？」って聞かれたことがあったんです。
高校生のときの私はあまりに未熟で、幼稚で、
結局答えられずにはぐらかしちゃったんですが、
スケール違うけどそういうことですよね、きっと。

その点、一般大学の子たちは、バイトや飲み会が多かったりして*、「同類以外に自分を表現する」経験値が高い。
もちろん、モノをつくってないってことは、
会話とか他の手段で自己表現しようとするのは
自然なんだけど、自分自身も含めて、ムサビ生が

バイトや飲み会が多かったりして：
ムサビ生もそこそこやってるけど、やっぱり課題や自主制作にかかる時間が膨大だから、普通の大学生の感覚とは違うのかな。

あまりにつくったモノに依存してる・・・のかな？
だから案外口べたというか、
プレゼンべたなのかもしれない。

なんて、最近モノつくってないわりに、
大胆なこと書いてみました。
正しくはないかもしれないけど、
こんな側面もあるかも、ぐらいに取って下さい。
別に誰を批判するわけでもなく、
自分メモみたいなものですので。
ああ、負けないようにがんばろう・・・！

2006年10月3日（火） 凡々

● 就職の波

凡々にも就職活動、略して就活の波が
そよそよとやって参りました。

先日は就職ガイダンス*。
もう？と思われるかもしれませんが、
一般大学はもう少し早いらしいです。
ムサビはまだまだ始動している感じはしません。
希望する業種によって試験の時期が異なるので、
一般大学の人が希望する業種と美大生が希望する
業種がちょっと違うからかもしれません。

就職ガイダンス：
大学が学部３年生と大学院１年生を対象に行う、就職活動に関する大規模な説明会。ムサビは10月に行われる。

とはいえ、企業を受ける場合面接などで
○大・早○田・慶○の優秀な人々と戦うわけで、

美大生は美大生で別というわけではありません。
美大生は美大生でアピールポイントが
違うと思うので、がんばって。
というのが受かった先輩方の教えです。

ガイダンスの話に戻りますが、
就職ガイダンスは同じ内容の説明が、
3日間行われます。
全学科を相手にいっぺんに説明するのは、
大変だからなんですね。

先日は空デ・視デ・芸文の説明日でした。
就職課の方が流れを説明してくださって、焦り、
次に各科の内定の決まった方の体験話を
聞かせていただきました。

今後どういう流れで就活していくのかとか、
どんな作品を見せたのかという、よりリアルな
話が聞けるわけです。貴重な経験でした。
なかでも心に響いたのは
「ポートフォリオ*はスラムダンク*」。
なんじゃいな、と思いましたが説明を聞いて感動。

「去年の先輩が言っていたのですが、今はすごく
よく言い表していると思います。
『ポートフォリオはスラムダンク』です！
ポートフォリオにのせる作品はチームなんです！
赤木という柱がいて、点取り屋の流川や

ポートフォリオ：
自分の作品をまとめた作品集。就職活動の必需品。自分は忘れてもポートフォリオは忘れるな（名言）

スラムダンク：
現在のムサビ生が小・中学生当時これでもかというくらい流行った週刊少年ジャンプ掲載のバスケ漫画『SLAM DUNK』。登場キャラクターのその個性を生かしたチームワークの良さがここではポートフォリオの例としてあげられている。

リバウンドの花道がいる、、、。
これだけは、はずせないって作品をしっかり見せて、
こんな事もやりましたよ、と違った感じの作品も
見せるというわけです」

なるほどー！熱い！！
わかりやすい！！
友達は『キャプテン翼*』でもいいじゃんと言って
いましたが、全キャラ顔が似てるので、
やっぱりスラムダンクですね。
作品の見せ方も相乗効果なんですね。

『キャプテン翼』：
このマンガの影響によるサッカーブームがやってきて、サッカーやってるだけで女子にモテる時代がありました。当時小学校サッカー部のキャプテンだった手羽はモテモテ。手羽第 1 次モテ期でした。第 2 次はいつ来るのだ？

どの先輩方もおっしゃっていたのは、
「面接でいかに相手の方を楽しませるか」
ということでした。
わかりやすく見せ、楽しんでもらう。
なんだか受験に似ているような気がします。

2006年10月7日（土） una-pina

● 大学の仲間

それぞれが、それぞれに、寝たり、話したり、
ブログ UP したりしている。
この空気感、熟年夫婦ってこんな感じなのかしら？
別に誰が無理するわけでもなく、
適度に相手を思いやりながら一緒にいる。
1 年の時から、4 年の付き合いになる
専攻のバラバラな友達と、今晩は一緒です。

利害関係も、上下関係も無い、ただの仲間。
いつもの仲間。
卒業したら、それぞれに勤めたり、制作したり、
もっとバラバラだけど、たまにはこうやって
集まって、また一緒の時間をすごせたらいいなぁ。

2006年10月10日（火） 赤岩

● 1ミリメートルの解脱

赤岩は思いつきで行動しがちな人間です。
思いつきなので後で取り返しのつかないことに
なることもシバシバ。
昨日の夜、急に*頭を刈りたくなり、今日の夕方に
立川のビックカメラで電動バリカンを購入。
一番安いので1980円のがあったけど、
今回は6980円のものを入手。
なぜって…1ミリ刈りができるから。
ほかのは3ミリからなんだもん。
なんだか極端なことをしたくなって…。
相変わらず、時間と資本の浪費が得意な自分*。
でも美容院だとカット＋カラーリングでそれくら
いするし。床屋の丸刈り料金なら3回分くらい？
まぁ、そこまで損はしてない、
ということにしておく。

昨日の夜、急に：
夜中に衝動で行動してしまうムサビ生は多い。走り出す、など…。

浪費が得意な自分：
赤岩さんの衝撃の旅⇒9月10日（109頁）、11日（112頁）、12日（116頁）

そして遅めの夕飯を食べ終わったあと、
バリカンで丸刈りを決行。

今日の掃除で使った大きいポリ袋（45ℓ）を
持ってきて、周りに昔の市政便りを敷いて。
最後に美容室に行ったのが7月の29日、
ちょうど岩間の分校に行く日だったから、それ以来
伸び続けた髪の毛がバリカンの刃に詰まる詰まる。

もうちょっとバッサリ刈れると思ったけど、
そうでもなかった。
ちょっと進んではアタッチメントを外し、
ちょっと進んではアタッチメントを外し、
時々ブラシで中の毛をかき出したり。
10ミリ刈り→1ミリ刈りと2段階に分けて進んで、
すべてを刈り終わったのは40～50分後くらい
だろうか。髪の毛が長かったせいか、
10ミリのときになかなか虎刈り状態から
抜け出せなくて手間取ったので、
思ったより時間がかかった。
坊主頭は去年の芸祭の神輿*のあと以来。
久しぶりの、蛍光灯の熱を感じる気分、
Tシャツの繊維に髪が引っかかる感覚、
シャンプーが3分の1押しですむ快感（笑）。
ウン、割と面白いかも。
明日、みんなどんな反応*を示すのだろう。
リアルで赤岩を知ってる方、御覚悟を（笑）。

以下余談。丸刈りをしたくなったきっかけを、
ちょっと整理してみる。
1・漠然とした自己嫌悪でストレスがたまり、

芸祭の神輿：
芸術祭では彫刻学科の漢（おとこ）たちが御神体をかついで練り歩く。見るだけで妊娠するという噂も。

どんな反応：
頭うりうり（←なで回す音）付きで「珍念」と呼ばれただけ。

何か思い切った代替行動をしたくなった。
2・ストレスのせいかカラーリングのせいか、
最近抜け毛*が増えてうんざりしていた。

抜け毛：
気にする男子学生が多い。
「そんなことないよー」と
しか言えず、気まずくなる
会話の1つ。

3・ここ最近自分の中で、仏師萌え→仏像萌え→
仏教萌えが進行中（宗教に対して「萌え」って何
だよ、しかも考えの流れが本末転倒だし…）。
4・微妙にセックスアピールをしたくなった
（だれにだよ、どんなアピールだよ…）。

どんな精神状態なんだよ自分…。

2006年10月16日（月）　凡々

● カテゴライズとその奥

美大で勉強する事って、
哲学なんじゃないかと思います。
そう思うと美大が文系って言う部類に入る事も
納得できる気が。高校の頃受験が近づくと、
「何系？」って会話が増えますよね。
当時は「美形☆」と言い張り、
みんなからふざけんなという鋭い視線を
受けておりましたが、どっちかっていったら
そりゃあ理数系じゃないよな。という消去法で
文系に属しているんだ*と思っていました。

文系に属しているんだ：
でも結構理系に近いことも
やってたりする。

それが突然、妙に納得です。
美術もデザインも、
全部哲学で動いているんだなーと。

そりゃあ感覚のところもあるけど、
芯は哲学だと思うのです。
で、それが今日の午前中の話。

午後は空間メディア論*。
今日のゲストはインテリア雑誌『CONFORT』の元編集長の内田さんでした。
内田さん曰く、「編集ってデザインと一緒なんです*。
情報を得て、自分がそれを伝えるために記事にしたら、それはもう初めの情報とは異なっている。
自分というフィルターを通して編集されている。
伝えたい事をわかりやすく編集して伝えるっていうのは、デザインと一緒ですよね」

そして編集者には広告ではなく、いいものを伝えたいという編集者の心意気があり、デザイナーも「売れるから」ではないものを作りたいという心意気もある。というお話でした。
もちろん広告には広告の心意気が、
営業には営業の心意気もあると思うのですが、
なかなか全部が全部理想通りにいく事なんてないのだろうと思います。

デザインは哲学でもあり、編集でもあるのかー。
これってこの3つに限った事じゃなく、
ほんとにどんな事でも根っこでは
全部繋がっている気がしてなりません。
つくづく関係のない話ってないもんだなー

空間メディア論：
第一線で活躍するデザイナー、クリエイターによる講演を中心とする空デの授業。

編集ってデザインと一緒なんです：
つくづくそう感じながら編集をしております…。

と思いました。
だから理系文系なんていうのも、あくまで便宜上のカテゴライズであって、行き着く先は
大きな共通の何かのような気がします。

2006年10月19日(木) 日当たり良好*

● 折り返しました！

進級展ではなく3年展*らしいです。言いづらい。
ここをクリックしてサイトへゴーーーー！！！！
ま、間違えました。ここです*。
フォーマットが似てて。すみません。
でも「映像学科の卒制は始まっています」の
コピーはかなりドキッとしませんかね、
4年生にとっては。

ある4年生に「もう始まっているんですか」と聞いたら「撮影の人（実写やアニメ？）ははじめてないとキツいかもね。でもまだじゃん？」
そうなのか。。。。。。

今年の好きなコピー「憲法九条を世界遺産に」

日当たり良好／ひあたりりょうこう：
映像3年。2004年4月から参加。ムサビ嫌い？
⇒260頁

3年展：
映像学科3年生の作品発表展。

ここです：
クリックのかわりに…「異形の。Odd-Looking」展、2006年10月17-21日、於：武蔵野美術大学12号館。

2006年10月25日(水) ニア

● クラスメートインタビュー

デザイン特講の授業で、2人1組になって
「クラスメートインタビュー」という宿題がある。

それぞれインタビューし、文章にまとめ、
それを決められたフォーマットに雑誌の
記事のようにまとめる。私はどういうわけか、
早稲田の聴講生と組むことになった。
他の人たちと違い、お互いが初対面の今回。
早速昨日待ち合わせてインタビューして、
彼がまとめた文章を送ってくれた。
以下はインタビュアーと私の珍問答の１つである。

早稲田君：今後、何かやりたい事はありますか？
私：ハリウッドに行ってジュード・ロウに会って、思いっきりビンタをかましたい。あの人は、相当女遊びが激しくって、彼にビンタをかまして、そんなミーハーな自分を克服したい。つまり、そうする事で、どうしようもないダメ男のジュード・ロウを好きになってしまった私にさよなら。
うん、それが私の夢だね。
（もっとデザインとか語れよ！！）

2006年10月30日（月）　四輪駆動

● ムサビ　芸祭

このタイトルのように検索して来て頂いた方、
初めまして。
油絵学科版画専攻１年の四輪駆動です。
ムサビ生のギリギリでリアルな生活を
綴っているのでぜひ読んでみて下さい。
・・・と、検索ヒット*を増やすためにこんな事を

検索ヒット：
Yahoo! 等検索エンジンに引っかかりやすくすること。ヒットを増やすために関係ない文字を意味無く入れたりするあくどい輩も存在する。

最初に書いたというのはおいておいて、
芸祭、始まりましたよ*。（遅

ムサビに来られた皆さんは
どのように感じたのでしょうか？
さぞ大学の作りや、ムサビのパワーなんかに
圧倒された事でしょう。
ちなみに私の高校の友人の「イケイケな感じの茶髪*の男性恐怖症」をもち、高校3年の受験真っ盛りの時に『いちご100%』を読んで熱く語り、励まし合った女の子が、芸祭に来てくれた時の電話。

友「駆動〜来たんだけどお店どこでやってるの〜？」
俺「鷹の台ホール*って所の横なんだけど今どこ〜？」
友「今ねぇ、変な人達が歌ってるよぉ〜」
俺「オケー！今行くね！」
そして野外ステージに行く私。
あまり大きな声では言えませんが
妙な不協和音と共に繰り出される、
バンドっていうかもはや合唱。
一番びっくりしたのは
ボーカルが歌っている最中に片手に携帯。
うん。確かに変な人達かもしれないな。
きっと彼らもドMに違いない。
そんな感じで少ないギャラリーを見回して探してみるも友の姿は見えず、再び電話。

俺「今どこー？」

芸祭、始まりましたよ：
ゲイサイ。芸術祭の意味でいわゆる学園祭のこと。2006年度は10月28日から31日まで開催されました。コンセプトや装飾は美大らしいレベルのもので、一般大学の学園祭をイメージしてるとかなりビックリすることでしょう。オープンキャンパスもいいけど、本当の学生さんのパワーを感じたい方は芸術祭をオススメします。

イケイケな感じの茶髪：
茶髪は多いが、イケイケはムサビにはわりと少ない。学年が上がるごとにイケイケ度は下がってゆく。なぜならば、すべての知力・体力は卒制にそそがれるから。

鷹の台ホール：
⇒62頁、262頁

友「今ねーまた変な人達がいる所」
俺「それってなんか担いでたりしない？」
友「あーそれそれ」
俺「まさか。。。」
案の定、鷹の台ホール前で男神輿の集団*に
遭遇してしまった友。
うん。確かに変な人達だ。一歩間違えば犯罪だ。
私はこの感じは~~好き~~・・・嫌いじゃないですが
女子美に行った友人にだけは見したくなかった自分。

俺「ごめんね。変な物を見してしまって。。。」
友「いやぁ～ムサビは怖いねぇ。変な人達ばかりだ」
本当はそうじゃないと言いたかったのですが、
巨大な真っ赤な物体を前にして残念ながら
否定できずｗ。

俺「何時までいるの～？うち 2 つ展示やってる
から大したもん作ってないけど見ていってよ」
友「○○（友人の連れ）は何時までいる～？」
友の友「バスで帰るから・・・・30 分には帰る」
俺「って事はあと 10 分も無いんですけどｗ」
友「すまん、じゃあそういう事だ」
俺「はやっ！？」

お昼に帰って行く 2 人。立ちつくす私。
結局ムサビは完全に変な人達の集団
というイメージで終わってしまいました。
ちなみにこの友人の連れの女の子。

男神輿の集団：
手羽も担いでた 1 人ですが、たしかに変な人たちだと思います… ⇒ 139 頁

そしてムサビの中心・中央広場では特設リングが設置され、学生プロレスが開催される。この最上級なパフォーマンス（でも下品）はムサビの芸祭に来たら、絶対に見た方がいい。
⇒ 262 頁

以前友人に話を聞いていて知っているのですが、
かなりの天然で、しかもデッサンが
神がかっているらしい。
大学入るまでデッサンをした事が無かった*らしく、
眼鏡を忘れて石膏を想像画で描くという快挙を
成し遂げた友人が、今友人が通っている予備校に
行く事を、薦めたぐらい凄いらしいのです。

デッサンをした事が無かった：
大学に入ってからデッサンをしなくなる学生は多数。

お前らも十分変な人達じゃねーか。

2006年10月31日（火）　MoMonga

● あとイチニチ

明日はゲイサイ最終日*ですね。
ああ・・・なんだかセツナイぜ。

ゲイサイ最終日：
1年でいちばんセツナイ日。花火でしめる（恋が生まれる）のが恒例であった。花火がないとタイミングがつかめない。

今日、ゴミ箱にゴミを捨てようとしたら
風でぴゅ〜っとゴミ達が飛ばされていき
もたもた1人で拾っていたら
通りすがりにゴミを拾ってくれた紳士な方が。
・・・・鈴嵐さんでした。
まるで少女マンガのような
シチュエーションでしたね、鈴嵐さん。
でも、お互い相手が違いましたね、鈴嵐さん。
もし相手が男性だったら、かるく恋に落ちていた*
かもしれませんね、鈴嵐さん。
お礼に、明日展示を見に行こうと思います。

恋に落ちていた：
ハチクロほどは甘酸っぱくないのが本当の美大生ライフ。

今年は最後のゲイサイだからか、
結構知り合いが遠いところ来てくれました。
まあ、大抵来た人は
「ごめんね、遠かったでしょ～？」と聞くと
「・・・うん、遠いわ」と正直に答えてくれます。

正直に言ってしまいたくなるほど、遠いんです。
でも皆、帰る時には
「また、行きたい」とか
「もっと見たかった」とか
「やっぱ、ウチの大学とは全然ちがうわ～」とか
いって満足してくれてるみたいなので、
こっちもほっとするわけです。

あとは、暗くなった後の一丁目*のノリも
人によってはびっくりしてしまうことも
多々ある感じ。
入り口は完全に野外クラブ状態だし
奥に入るとゲイバー*のおにい・・・（失礼）
おねえさま達がワラワラいらっしゃるし。
あの、高度なやりきった感は
美大ならではなのかもしれませんね。

一丁目：
芸祭期間中、唯一お酒が売られる場所。成人の証明が必要。夜は通るのも大変なくらいの人だかり。
⇒ 262 頁

ゲイバー：
模擬店の中でクオリティの高いおかまちゃんたちがたくさんいる一帯。ラグビー部のゲイバーが有名。

こっちはもう 4 年目なので日常に
なってしまってますが、外部の人はどうも
たじろいでしまうみたいです。
今日来てくれた友人も、なんだか
唖然としてしまってるみたいだったので、

場所を移して駅前の飲み屋で
まったり飲みました　笑。

明日はまだ行けてない展示とかファッション
ショーとか見てまわろうと意気込んでます。

そんで、夜は呑むしかないっしょ～！！！
ビバ☆酒
ビバ☆芸祭

11月

ぼくはどこへいくのかなぁ

2006年11月1日（水） una-pina

● 祭りあと

今日から芸祭の片付け期間です。
昨晩8時までアルコール類の匂いと
露出の多い若者とでごった返していた
ホール横の一丁目スペースも、
店舗解体*していてスカスカです。
芸祭片付け期間て、毎年ちょっと
寂しくなるんですが、今年は感傷もひとしお。

執行部のことは・・・手羽さん書いてたし*、
いいですよね。
一度だけ関わった人間としては、
本当に、おつかれさま。
よく働いて頂いて、ありがとう、という感じ。
大変ですよね。
警備*とかもまだ仕事続いてるでしょうし。
無報酬で自分の制作や遊ぶ時間を削って
芸祭をつくる人たち、がいるから、
ムサビ生の愛校心は更に熱くなりますね。
芸祭自体の感想としては、理由はわかっていても、

店舗解体：
模擬店を解体する作業。大概前夜のお酒が抜けず、効率の悪い労働となる。それもまた楽しい。

手羽さん書いてたし：
この規模の大学とスタッフ数で、3万人以上の来場者と参加者を動かすのは並大抵のことではありません。

警備：
見回りや搬入出のトラックの管理や学内の整備など、目立たない部分や細かなところまである芸祭執行部の仕事。

やっぱり最後の花火*がないのは「終わった」感、
ピリオドが打てない感があって、
さみしいーなあーーー

最後の花火：
⇒「ゲイサイ最終日」146 頁

ところで、確か 5 号館だったと思うんですが・・・
仏壇の作品があったんです。
それを見ていたとき霊的体験をした、という
人間が周りに続出で・・・展示してた方、大丈夫
でしょうか、お祓いとか受けにいったほうが・・・

ちなみに、私は「憑かれやすい」と
霊感の強い人によく言われます。

5 号館のその展示も、用もなく普段通らないその
展示室の前を通って、なんとなく覗いた部屋に
あった、という感じなのですが・・・う〜ん、
もしや、呼ばれてた？　イヤン

2006年11月5日（日） key_t

● 芸祭が終わり*

もう 3 年生も終盤、ぼくはどこへいくのかなぁ
と日々思い、4 年生になる覚悟ができず、
でも、4 年生なってしまうんだろうな
早いなぁ、どんどんすぎるなぁ。

芸祭が終わり：
燃え尽き症候群によるものか、この時期に書かれた日記は短いものが多い。いかに芸祭がムサビの一大イベントなのかわかる事例。

最近、寝てみる夢の国にいるときの記憶が
起きても鮮明に残っていて不思議な感覚で

すごしています。
地に足がついてないような感じ？
なんか全然気持ち悪い感じではなく、
むしろ、ふわふわしてる感じで心地よい？
うまく言い表せないけど、
やっぱりこれは現実逃避なのかなぁ。

2006年11月10日（金） tank

● いきてる

なんとか　大丈夫　です。
でも iPod* 壊れた。でも
NO MUSIC, YES LIFE です。

iPod：
Apple 社の携帯デジタル音楽プレーヤー。多くの学生の制作のお供。制作中に後ろから話しかけても振りむいてくれないのは、iPod のせいです。

2006年11月13日（月） ひだまり

●プレゼン終了！

おとといのこと。前日に制作が一段落して、
なんとなく気持ちがゆるんだ。
昨日のこと。午前中全身に寒気が。
午後起きているのもつらくなってそのまま倒れる。
夜、起きたものの体を起こしていられないほどに
吐き気が…。まさか…、まさか…。
体温を測る。「38 度 2 分」ぎえーーーーー！！！
普段平熱が 35 度の私にこの数値はありえない。
しかも、明日プレゼンなのにっ！
連日の徹夜や無理な作業。
気がゆるんだ隙に病原菌にやられるとは！

一人暮らしなので誰も看病してくれず、
気持ち悪いと電話で弱音を吐いて気を晴らし、
明日の自分の行動に期待して、
薬を飲んで早くに寝ました。
そして今日。プレゼン当日。
朝起きて熱を測ったら 37 度 5 分。
まあまあいける感じでした。
制作に使用する紙をまずカットして、
移動中にプレゼンで発表する原稿をメモりつつ、
ズキズキする頭を無視して、制作を発注していたものを引き取り、印刷も済ませてお昼に帰宅。
制作の最終段階を完了して、ムサビに行く
1 時間前にプレゼン資料のデータを作成。
どうにか間に合いました。
プレゼンでの先生方の評価も思っていたより
温かかったです（どんな状況でもへこたれないように、最悪の状況を思い描くように心掛けているので）。咳き込むのは抑えられなかったけど、
行ってよかった。
あと 1 ヶ月、がんばろうと思いました。

2006年11月15日（水） MoMonga

● くりかえし

予告通り、工房に監禁状態の M さんです。
学校が再開して以来*
家　工房　ベル*　工房　コーヒー
　工房　一服　工房　家　睡眠

学校が再開して以来：
芸術祭準備期間・祭典・芸術祭片付け期間の 2 週間は授業がストップする。

ベル：
構内の売店、ベルハウスの略。ちょっとした日用雑貨がいざというとき便利。冬場の屋外作業などの休憩時には天国だと感じる⇒262頁

（ベルとは学内の売店です）
を毎日毎日くりかえしてます。
きっと、卒制終わるまで永遠と
くりかえされるであろうこのサイクル。
たまには、呑み　とか　お出掛け　とか
入れたいな。。。。入れられるかな。。。。
無理かな。。。。

2006年11月25日（土） 赤岩

● □いアタマを○くする

と唱う某予備校は、
これを綺麗に丸彫り*することができるのだろうか。
なんてしょーもないことを考える自分は、
立体を想像するのが割と苦手である、
と最近気付きました。
来年からどうしよう… ＿|￣|○

丸彫り：
像の全体を彫り出すこと。

12月 自分以外の誰かと何かをするのはとても難しく

2006年12月5日（火） ひだまり

● つくるよろこび。

昨日、まだ制作はおわっていないけど
今まで続けてきてよかったと思いました。
どうでもいいことかもしれないので、
みなさんには「足にはさまれたかわいい柴犬」を。

とうとうゴールが見えてきました。
徹夜してもなんでもやりぬきます。
昨日主査の教授に論文（研究をまとめた本。デザインも含む）の最終チェックをしてもらいました。
私は制作と論文の両方を提出する予定で、
制作は最終プレゼンの前に完了済みで、

残すところはこの本の完成。
原稿も書いて、レイアウトもデザインも、
写真も図版も全部1人で150ページくらい。
電車で立ちながら寝るし、床で寝るし[*]、
1人何日も監禁状態。
自分が病に倒れるだけでなく、CD-RWも壊れて
入院、プリンタも「キーキーガゴガゴガゴッ」
バリバリバリ・・・紙づまりで悲鳴をあげたり。
食事のときしかテレビをつけず、たまたま放送し
ていた温かい話の再現ドラマを見てなぜか号泣[*]。
今思い返しても
なんであんなに号泣したのかわからず。
もしかしたらストレス発散のためにただ思いきり
泣きたかっただけかなーと思います。
人とも会わないので、たまに行った学校で友達に
会うとおしゃべりです、いつもより。
そんな中で作っている本のチェックです。
まだ未完成です。でもできているところまで。
今日何を言われてもめげずに最後まで走る。
そういう気持ちで行きました。
先生が1枚1枚見て、「いいんじゃない」
と言ってくれました。
ここがおもしろいと部分的に褒めてくれました。
今まで先生に作品を見ていただいてきて、
そう簡単に褒めてもらえないのはわかっていたの
で素直にうれしかったです。
いつも厳しく、いつもハードルが高い。
だから壁にたくさんぶつかりました。

床で寝るし：
その他、お風呂で、トイレで、自転車をこぎながら、ご飯を食べながら等、様々な例があげられる。そこまでいくと笑えてくるのがすごい。

なぜか号泣：
制作や私生活につまづいている中ふと見るドラマ、耳に入るJ-popほど罪なものはなかなか無い。

話をしながら、無意識に私は「自分は今頑張ってる」
みたいなことを言ってしまいました。
言った後にはっと気がついて、「頑張ってる」とか
大人げない、しまった！と思いました。そうする
と先生が「うん。頑張ってる」と言ってくれました。
超ご多忙な先生なので、私のことはあまり視界に
入っていないと勝手に思っていました。
「院生としては作品も数を作ってきたし、
この2年でずいぶん成長したんじゃないか」
そう言ってもらえたことで私は今までたくさん
壁にぶつかってよかったと思いました。
もうあと少し。
その後のゼミで、買ってきたチョコレートを
テーブルにだしていたら、先生が
「わ、チョコレートだ、うれしい！」とパクパク。
CD-RWも退院してきたし、完成させます。

2006年12月10日（日）　鮭*

● せっぱー

芝居*の練習などしています。
来週、知り合いの女の子と二人芝居をやるのです。
切羽詰っています。
なんかこう、切羽詰ったものが手元にあると逆に
心が安定します。
でも2007年が追いかけてくるという事実は、
恐ろしいの一言に尽きるばかりです。
もー、この1年あたし一体なにしてたの！

鮭／しゃけ：
デ情2年。2006年5月から参加⇒259頁

芝居：
芝居人口が意外と高い。自分ではやらないが観に行くという隠れ人口度も高い。

2006年12月11日（月） tank

● おし

おっけーです。おっけー。いけます。
できます。そつせいできます！！！！
色々あったけど、なんとかなりそうです。
ちょっと決まったの遅すぎだけど、
なんとかいけるいける。がんばるぞ！！！！
ところで、自転車の車輪にテニスボール挟んでる
人よく見るけど、あれって何で？？？

2006年12月12日（火） ふか*

● 旅立つには

昨日は一日中お片づけ。
東京から持って帰った着替えを洗濯して、
掃除して、留守中にたまった郵便物とメールを
チェックして・・・ふぅぅぅ。
今日も午前中には荷物が戻ってくるはず。
今回のスクーリングは12日間だったので、
別送した荷物は段ボール1箱。
夏のスクーリングだと4週間〜5週間分の
生活用具＆画材なので、
段ボール2、3箱＋バカでかボストンバッグ
＋カルトン*＋デザインケース*てな感じです。
業者さんに「引っ越しですか？」と訊かれたくらい。
確かに単身赴任のような荷物です。
そして、帰りは確実に荷物は増えてます。

ふか：
通信の油3年。2006年11月から参加。話題のM崎県在住⇒260頁

カルトン：
デッサンをするとき、木炭紙や画用紙を固定して台紙にする板状のもの。入試デッサン時の必須品。2月、これを持った集団に遭遇したとき、逆流で突撃すると無傷でいられる保障はないので注意。

デザインケース：
アルタートケースとも言う。紙ものを折らずに運びたいときに便利な平たいバッグ。自転車走行時には命がけとなる。電車ではでかすぎて周りのジャマになる。

うぅ、重い。
まぁ荷造りは発送してしまえばいいだけですが、
一番の問題は留守番をしてもらう人
（つまり家族、配偶者）の了解を得ること。
通信はスクーリングに参加するのも、
家で課題やレポート書いてる時も、
家族の理解と協力は必要不可欠です。
我が家はどうかというと、非常に理解あります。
「お互い、好きなことをやるのが一番」的な理解力です。別の角度で見ると
「自分の好きなことをやるためには、相手に好きなことをさせておこう（ただし家庭の愛情と経済力の範囲内で）」という打算が働いています。
もっとひどい言い方をすれば「野放し夫婦」（笑）
互いを束縛するより、
その方が楽に生きていけます。多分。
スクーリングは家を長期空けることになります*から、本当にいろいろあります。
人によっては「スクーリングで疲れて晩ご飯を作ってなかったら、旦那に怒られた」とか、
家族の反対で通信を辞めたとか、
いろいろ話は聞きます。
離婚したから通信に来たという方もいましたが。
まぁ人生いろいろということですね。
私も理解ある相手には恵まれましたが、
以前のスクーリングの時には、義母の入院、
祖母の死、義父の入院、祖父の入院と、
アクシデントはてんこ盛り状態でした。

スクーリングは家を長期空けることになります：大学を卒業するには124単位以上が必要。通信教育課程では、そのうちの30単位を「スクーリング」で取得します。スクーリングは3日間で1単位、つまり90日間登校せねばなりません（2007年現在）。仕事をもちながら学ぶ人が多い通信。スケジュールのやりくりは自分の都合だけではなく、とてもたいへんなのです。

今でも状況的にはかなり微妙で、ちゃんと卒業までスクーリングに行けるかは分かりません。
だからこそ行ける間に行っておこうと、
少し無理して参加してます。
自分の人生の中で自分のためだけに使える時間。
スクーリングは、そういうとても贅沢で
幸せな時間です。
ところで家族に文句言われた奥様方の話は
たくさん聞きましたが、さてスクーリングに
参加されてる男性方の奥様や家族は、
どう思ってるんでしょうか。
やはり亭主元気で留守がいい？（笑）

2006年12月13日（水） 赤岩

● 木目に吸い込まれるような*

…って写メール撮ってる場合じゃないはずなのに（汗）。

木目に吸い込まれるような：丸彫り前は、11月25日（153頁）を御覧ください。

2006年12月14日（木）　鮭

● キンチョー

今日から2日間、課外センター*2階にて
二人芝居の公演をやっております。
やっぱりね、
自分以外の誰かと何かをするのはとても難しく、
ときどきどうしたらいいかわからない。
悩みどころはたくさんあれど、
なんか必死にやれたらいいと思うな
なんだかんだどうこうあっても、
「なんか、明日はいいテンションで
できそうな気がする」
と彼女に言ってもらえるだけで充分なのです。

課外センター：
⇒ 45、262頁

2006年12月16日（土）　鈴嵐

● エプロン

私が今使っているエプロンは3年生の前期の間の
皆勤賞で貰ったものです。
皆勤賞については多分以前に書いたのですが、
要は3年次から版画コースに入るということで
前期期間中に4版種*の技法を学ぶために朝早く
来てやらなきゃ出来ないよということなのです。
9時半までが出席、10時までが遅刻。
それ以降になると、放課後残って作業しちゃ
いけませんよ、というルールです。
そして前期末の版種決定*は出席率順で

4版種：
銅版、木版、リトグラフ、シルクスクリーンの4つ。

版種決定：
3年生の後期から卒業制作にいたるまで、主に制作する版種を決めること。鈴嵐さんはシルクスクリーン（略称：シルク）が専門。

優先的に決まります。
そんなん小学生ならだれでもできるのに、
大学生はなぜかできないのです*。

皆勤賞は、21 人中 2 人。
その皆勤のご褒美として、
助手さんたちが苦労してシルクで作ってくれた
ものなのです。
汚しちゃいそうだから、
もったいなくて使えないよと言ったら、助手さんに
「使わないと汚れないよ」と言われました。

4 年の夏から使い始めました。
すると今度は「使ってるんだね」と言うので
「だって助手さんが、使わないと汚れないって言ったから」と言うと
「よく覚えてたね」と言われました。

そして今日の中間講評のあと助手さんがエプロンを見て、「年季が入ってきたね」と言いました。
明日も頑張ろうと思いました。
でもほんとは疲れたから寝てたい！

MAU news* の最新号の、芸祭風景の写真に
ほんのちょびっとだけ私の展示風景が
載っていましたので、こぞって捜して下さいね。
友達に言われるまで気が付かなかったくらい
小さいですが。

大学生はなぜかできないのです：
なんでできないんだろうねえ…ムサビ生は時間にルーズな子が多く、集合時間 10 分遅れにやってくるのはほぼピッタリ、30 分遅れは誤差の範囲、1 時間遅れは当たり前、2 時間遅れで怒られるのは心外、ドタキャンは仕方のないこと…この時間の概念を「ムサビタイム」という。集合時間に遅れるのがかっこいいと思えるのは大学生まで。

MAU news：
ムサビの企画広報課が発行している広報紙。ちなみに「MAU」は「Musashino Art University」の略称。
↓ design 勝井三雄先生

MAU

つまりムサビのこと。読み方は「マウ」。こんなの発音するのが恥ずかしいのだけど、ムサビ人は慣れてくるにつれて麻痺し、やたらと MAU を多用するようになる。ex) おめでとうございMAU。

2006年12月17日（日）　卜部

● 1年の10の答え

今日は手羽さんの「ムサビ1年生に10の質問*」に答えてみようかと思います。

「ムサビ1年生に10の質問」：
突然ひらめいて作った質問。「美大って想像してたよりつまらない」と1年の段階で言い切る学生さんがいるが、それは大学のせいなのか、自分のせいなのか。

> あっという間の1年でしたか？　それとも長い1年でしたか？

「あっ…」と思っている間に
1年生という学年が終わってしまいました。
読点すら付ける暇がなかったほど
時間の流れが速かったです。
この間入学したばかりなのになぁ、
と友人と話していました。
でも、話し相手の友人がいることは確実に時間が経過していることの証明であったりするように思って、なんとも言えない（書けない）
変な気持ちになりました。

> 憧れの（もしくは藝大*に落ちていやいややってきた）ムサビ生活はどうでしたか？

藝大：
一般的には「東京藝術大学」の略称。美大生の憧れ。ただし静岡で「芸大」とは静岡文化芸術大学、名古屋では名古屋芸術大学、大阪では大阪芸術大学、京都では京都市立芸術大学を意味するため、美大業界では混乱がよく起きる。個人的には東京藝術大学の場合は「藝大」「東京芸大」と書くのを推奨。

自由な生活を送れてとても面白かったです。
自分でほんのちょっと忙しくしようと思ったら、
有り得ないぐらい忙しくなったのは
大変でしたけど。

入学する前にイメージしてた「自分に厳しい」生活はちゃんとできましたか？

少し甘かった気がします。特に朝。
でも、広い意味での課題に対しては
真正面から対峙できたように思います。

大学というお風呂は意外と「ぬるい」ことに気がつきましたか？

ぬるま湯だったり、熱湯並みの熱さだったり。
大きなお風呂の中でも場所によって
温度が違うことに気付きました。

でも、お湯がぬるいのではなく「ぬるくしてお風呂に入りたい人はどうぞ」で、ぬるくしてるのは自分なんだってことに気がついてますか？

ですね。
ホントおっしゃる通り。

実は熱いお湯に入ってる人が沢山いることも気がついてますか？

もちろんですとも。
自分もそうでありたいですね。

「大学に入ったらアレをしたい。これもやりたい」がいくつできましたか？

大学に入ってから、あれもやりたい、
これもやりたいということが沢山できました。
急がないと時間が過ぎてしまうので
ちょっと焦ってます…。

計画どおりに必死こいて作品を作りましたか？

必死こいてたら警備員さんに怒られたのは
想定外でした*。

想定外でした：
想定外だったのは9月16日（125頁）。

探し物はなんですか？*

探し物はなんですか？：
突然ひらめいて作ったから8つしか質問が思いつかず、最後の2つはシャレでいれたもの。でも卜部くんは真面目に答えてくれました。

支えです。

愛は死にますか？

真っ白に忘れたときにそうなるのかな、と思います。
でも、死んだら戻ってきませんが生きていれば
いつか戻ってくるんじゃないんでしょうか。

まぁ、本気か冗談かはこれを読んだ方の判断に
お任せ致します。

2006年12月19日（火）　ニア

● 就活　説明会　美大視点

ビッグサイトレベルの*規模の就職フォーラムや、
説明会に行くとたくさんのリクルートスタイルの
若者が当てもなくウロウロしている。
それが、今まで美大の中で過ごした手前、これま
でにない同世代の様々な人種？に出会うので、
企業よりも人間観察が面白かったりする*。
「私が企業を選んでやるのよ」といわんばかりに
フィロソフィーとかなんちゃらとか、難しい言葉
を早口で並び立てるタカビーな感じの人。
人事担当の人に質問したのはいいが、ちょっと
怖くて、2、3歩引き下がりながら話を聞く人。
この時期なのに、質問コーナーで堂々と
「御社しか考えていないのですが」とぞっこんを
表明する危なっかしい人。
外資系の説明会の所為なのか、アンケートに英語
で得意げに書いている男（それなら名前も英語で
書けよと思った）。
説明会の後の質問まではおとなしくしていたのに、
人事の担当が帰る直前で、飛び出し自分をアピー
ルする人。（芸人のようだった）
こういう状況を目にして、美大でよかった、
とほっとしてしまう。
自分を表現、アピールするために、芸人並みな
アピールや、大勢からの差別化をはかった
個性の捉え方の勘違いは、美大には見られない。

ビッグサイトレベルの…：
⇒ 98頁

企業よりも人間観察が面白かったりする：
こういう場所に行くと、いかに自分が浮世から隔離された世界で4年間生きてきたか実感できる。

私たちは、自分を表現する術を
作品を通して知っている。
むしろ作品を作る過程で自分と向き合うのだ。
こういう点で、就職活動では多分
「何がしたいんだろう、その前に、自分を知ろう」
という部分から始めなくていいのだ。
そのかわり、自分に代わってアピールするものは、
ポートフォリオ*。
がんばれ、私は、これから制作です。
美大って端からは変人の集団と思われていると
思うのだが、意外とまじめ。
医大から観察に来た友達がムサビの食堂で
「医大生の雰囲気と似ていて、何か考えている、って
いう面持ちね」
という感想を漏らすほど落ち着いていると思う。
だって、常に作品をどう作るかとかばかり
考えているからだもの。
美大生の個性っていうのは、人の見た目でなくて、
表現する絵やモノだからね、
ここを間違えないでほしい気がした。
（もちろんファッション感覚も優れているとは
思うけど）
そう願ったのは、昨日ムサビで、ドラマの撮影*で、
速水もこみちとかがロケをしていたのを見たとき。
カメラを向けられた「美大生」はとても派手なツ
ナギを着ていて、なんだかテンションが高いので、
少し脚色しているな、と思った。
ドラマにしろアニメにしろ、「発信」するにあたり、

ポートフォリオ：
⇒136頁

ドラマの撮影
ムサビOBのリリー・フランキー氏自叙小説『東京タワー オカンとボクと、時々オトン』が、速水もこみち主演で連ドラ化され、2007年1月から放映。主人公中川雅也のムサビ時代は、実際にムサビのキャンパスで撮影。第1話に登場した4号館2階の試験会場↓

別人から編集されると、そういう対象物やモノの
色が変わってしまうのは仕方ないのかもしれない。

2006年12月20日(水)　鈴嵐

● そつせい

ねむたいです
背が低いのでブロックと椅子に乗って摺っている
せいかと思うんですが、
膝の裏から腿にかけてがえらい痛くて、
ついにバンテリンしました。
あと大きなスキージ*や紗*を扱うせいか、
手のひらが常時痛い。

白くてふわふわのチュールがついた
スピックアンドスパンのスカートの下に、
バンテリンを・・・！
あとアンメルツもね・・！
おやすみなさい。

スキージ：
シルクスクリーン版画の道具の１つ。インクを刷る時に使うデカいインクべら。力を真っ直ぐ均等にかけて刷るのが難しいところ。

紗（しゃ）：
シルクスクリーン版画の道具の１つ。スクリーン枠に張られた目の細かな布。枠に張り、版となります。

2006年12月23日(土)　鈴嵐

● おだんごは楽なのに女の子の特権ぽいじゃんね、の法則

9号館とかに貼られている映像学科の
卒制サイトのポスター、
あの後ろ姿の女の子は君かい？
とポツポツ聞かれます。

えっと、違います。
言われてみれば、似てるかも。立ち方、とか。
やっぱりムサビの女子
おだんご率高いのかなー*

おだんご率高いのかなー：制作中、じゃまにならないように、長い髪をアップにまとめる傾向あり。キュッとてっぺんにアップすると、気合いが入るという説あり。

明日は工房が使えないから
胸を張って休息日です。
あーもう、こんなに楽しみだなんて。
あーー、（うれしい悲鳴）美容院いこ。

では時間にゆとりがあるので
卒制についてなど、ちゃんと書こうと思います。
今日はサイズについて。
版画コースの卒制の条件は
・原則的に版表現を用いた作品であること
・アルシュという版画紙の中判（76 × 56 ㎝）
　以上が 5 点
というのが基本的な約束なのですが、
もちろん人それぞれでかなり違いますし、
インスタ*っぽい子とかもいます。
私は「かきた」という版画紙に
いちばんでっかい版の枠内ギリギリ、
120 × 100 くらいで作っています。
これが油だと、そんなに大きくないじゃん、
なのですが版画でこれはけっこう、
勘弁してけろです。

インスタ：インスタレーションの略。詰めの甘いインスタほどタチの悪いものはなし。

シルクは版ができるのもインクが乾くのも早いか

ら大きいサイズが作りやすいという点もあるし、その他の版種と違って版がモノとして残る（たとえば木版なら１版につき１枚の版木がいる）わけでなく、１つのスクリーンで何度も解版してはまた製版*、ができるので速効性が高いというのもあると思います。

何度も解版してはまた製版：シルクスクリーンは、版（スクリーン）の表面の乳剤を洗い流せば、同じ版でふたたび製版が可能となる。

（だから偉い人たちにちょっとシルクはこばかにされたりするけどさー）
できる限り大きいものを、
と思ったのにはとかくファイン*にありがちな
大きくあれ！的な発想で大きい
というわけだけでもなくて、
「強さとしての少女性」として、安っぽい「可愛い」
を一蹴する強さを求めていることと、
女で、小さい身体で摺るという
不利な面に対しても、テーマの意味合いとしても、
肯定的に、同時に否定的にファロセントリックに
意味を込めて、というかんじ。
なのでしょうか。わかんないけど。
あとはまぁ、いけしゃあしゃあとかわいいものを
大きく作りたいから。
ばかっぽく。
そんなこんなです。伝わったかしら。。

ファイン：
⇒31頁

全学科の人に共通なことは、
１～３年生のうちから*卒制展に興味をもって
見ておくべきだよ、くらいです。
旅行に行くとかもとても素敵ですが、

１～３年のうちから：卒制展は、その学年、その時々で見方や感じ方が違い、変化してゆく。見たほうがいいよ。

一度も見てないから想像つかないよ
というのだけは避けた方が無難です。

いい展示方法を考えておく、とか
自分に合う場所を探すとか。
予算がかかりそうならバイトしておくとか。
卒制のほかにもアルバム、謝恩会、卒業式、
卒業旅行というイベントたちが待ってるから…！
あの学科はこんな宣伝方法をとってるのかーとか。
4 号館でいえば、有孔パネル*を使うかどうかとか。
展示方法によって作品をどう生かせるかも。
版画ならパネル張りか額装か、浮かしかマットか、
アクリルに挟むか、など。
額の厚みは、アクリル板はいれるのかとか。
芳名帳はー、とかキャプションはー、とか
そういう細かいことも考えつつ。
先輩の搬入とかを手伝っておくと
5 号館のパネル立て、パテ埋め*も
心にゆとりが。多少。
大きいもの作業、管理する場所をどうするか、
とか、屋外展示がどれだけ寒くてきついか、
なども計算のうちに入れておくだけで
こころの準備がけっこうできる気がする。。
サークルに入ってる人とかは自分の学科以外の
先輩のも手伝ってみるといいと思います。
たのしいし！

有孔パネル：
規則的にたくさんの穴がある板状のもの。これを立てて壁面にし、穴にフックをつけて、絵を掛けて展示する。激重い。たくさん運んだ翌日は、こんなところにも筋肉があったんだと思うような部分まで痛くなる。

パネル立て、パテ埋め：
展示場作り。パネルを組み立てて壁面を作り、気になる壁の隙間をパテで埋める面倒な作業。

2006年12月26日（火） MoMonga

● ソツセイと私と時間と金

あ、どーも MoMonga です。
メリー X MAU
終わっちまいましたね。
テキ工房*も 23 日が今年最後の作業日でした。
あとは来年の約 2 週間で作品あげなきゃ
イケマセン。。。
あーおわんのかな。
いやーおわんないとかシャレになんないだろ。
と作業しながらグルグル考える年末。
ここんところ、
「いついつまでにコレやって、この作業はこんぐらいはかかっちゃうだろうから・・・まあこの日までにはあげられるかしら。いや、あげないとヤバいだろ」
みたいな 1 人シミュレーションが
日課になってます。
しかも、日に日にシミュレーション内の
M さんがヤツレ果てていく。
・・・・・だって、
作業ががんがんおしてってるんだもん。
ごめんね、年明けの自分。
年末の自分のツケをしっかりとって下さい。
よろしくね、年明けの自分。
て気分です。はあ。
福沢さんもバンバンとんできます。

テキ工房：
エデ・テキスタイル専攻の
工房⇒ 262 頁
テキ工房の 1 階はこんな
かんじ。

とりあえず、制作費で 10 万くらいとんできそう。
基本、テキスタイルの卒制はデッカイのが多いので素材の買い方も相当オトナ買いです。
M「あ、じゃあ コレ 10kg 下さい」
店員「･･･すみません、在庫確認してまいります」
みたいな感じ。
「この棚にあるの全部下さい」とか
「いま、置いてあるだけ全部買います」とか
それでも足りないとか作品が大きくなると、
それだけの素材を確保しなきゃならないので
けっこうヒヤヒヤもんです。
いつか、どっかのショップで
「この棚にあるの、全部ちょうだい」とか
言ってみたいなんて思ってたけど
まさかこんなカタチで実現するとは*。
・・・なんか違うけど。
そんな事を続けてたら、いつの間にか
お得意様みたくなってしまったらしく
注文した商品と一緒に新商品のサンプルと
PR 文が送られて来ました。
友達は来年のカレンダーが入ってたらしいです。
・・・エラくなったもんだ。
なんか違うけど。
ほんとは、新しいブーツとか新しいメガネとか
あったかいコートとか欲しいけど
ウチのコがあまりに素材と金を食うので、
何ひとつ買えなそうです。
あー憎たらしい。

まさかこんなカタチで実現するとは：
憧れのセリフを、釈然としないシチュエーションで言う。多くのムサビ生が経験する涙の儀式。

1月 もうこれは、完全に自分の為の展示でした

2007年1月1日（月） razy*

razy ／レイジー：空デ1年。2006年6月から参加⇒261頁

● akemasite.

明けましておめでとうございます。
超・絶にお久しぶりです。razyです。
皆様楽しいお正月をお過ごしでございましょうか？？

今更日記更新しやがって、本当にもう大変恐縮で変な日本語になっている次第で御座います。
今実家に帰ってきているので、パソコンについつい足が動いてしまいます。オタクですか？？

受験生の皆様はもうすぐセンター試験。
併願するところによっては勝負の時が
近づいてるわけですね。
そんな受験生の皆様のお役に立てるような日記は
一切書いてこなかった私ですが（死んじゃえ…泣）

2007年明けたということで
MAU志望の方（とくに空デ志望の方）に
「ぜってーこの学科うかりたいぜ！！」

みたいな意欲に湧いてもらえるような*内容の日記作りに努めようと思います。はい。今更ですが。それ以外の人たちにも何とか読み終えてもらえるような日記…にする…予定。

さて、新年の抱負を述べたばかりですが
課題、終わるのか？自分。
製図…終わるのか？？
レポート…仕上がるのか？？
ふふふふふふふふふふふふふふふふふふふふふふ
ふふふふふふふふふふうっふふふふふふふふふふ

がんばるともよう。ぷー。

2007年1月6日（土）　ひだまり

● 火事と遭遇。

あけましておめでとうございます。
今年もよろしくお願いします。
春には私の日記もおわりを迎えると思います。
残りの学生生活をちょこちょこお伝えできればと思っています。
さて、今日は受験についての日記を書こうかなと思っていたんです。
しかし、さっき私は消防隊員に
はしごで救出されました。なにって、火事です。
火事なんです！
まさかの火事…、というわけでこの日記を読んで

意欲に湧いてもらえるような：
愛校心ならぬ愛空心？

くれている人にも注意してもらおうと思って
さっきの出来事を書いてみようと思います。
10時過ぎに私はお化粧をしようと鏡を見ていました。ふとなんだか煙くさくて「おかしいな」と思ったんです。
火も使っていないし、ガスを確認しても問題ない。
エアコンのにおい？違う。原因がわからず、
とりあえず換気扇をまわしたんです。
でもくさい。おかしい。
ベランダのガラス戸をあけました。
真っ白・・・、何も見えないほど真っ白でした。
「え？なに、なに？」声がでました。
白いもやが消えた隙間から向かいの
ベランダにいるおばさんが見えました。
「早く逃げて！」と言いました。
私は初めて火事なんだとわかりました。
「どこで火事なんですか？」と大声で尋ねると
「隣！」と返ってきました。

隣ー？おばさんが指差す隣のアパートは私の家の玄関のある方角にあたり、白い煙がもうもうと包む中、状況がわからない玄関から脱出することが可能なのかすらわかりませんでした。
とはいっても私は3階に住んでいて
ベランダから飛び降りることもできません。
時折煙が視界を真っ白にしました。
その瞬間だけ少し不安になりました。
とりあえず家はいつもと変わらない状態で、

ただ火がどのあたりまできているのか
わかりませんでした。
どうしよう・・・、大雨の中ベランダの
洗濯機の上に裸足で乗っていました。
誰かが私の存在を消防隊員の方に伝えてくれたの
か「動かないで、そこにいてください！」
と言われました。
消防隊員のおじさんがはしごをのばして
家のベランダにあがってきました。
あわてて携帯電話だけポケットに入れて、
玄関からスニーカーを掴んで履きました。
おじさんに腰に太いロープを結びつけられて、
3階から1歩1歩はしごで降りました。
「大丈夫ですか？」「大丈夫です！」
「煙は吸っていないですか？」「はい！」
そんな繰り返しです。
周りは人だかり。黄色いテープが貼られて
通行禁止になっていました。

火元は隣のアパートの1階で、中は真っ黒。
幸い燃え移ることもなく、ケガ人もなし。
住人の女の子がハロゲンヒーターを使いながら
寝ていたようで、それが原因みたいです。
名前や住所や状況を尋ねられ、
しばらく火を消す作業を見つめていました。
近所の軒下で雨宿りをさせてもらいながら、
修論と制作物が家にあるなと思いました。
セーター1枚で脱出した私はこのとき

そんなことはすっかり忘れていたのですが。
ドキドキというより夢なのかと思っていました。
救出されている最中もやけに冷静でした。
だから今も本当にあったことなのか
わからないという感じです。
こういうときに性格ってでますね。
私はこういう状況でも絶対叫んだりしない。
家に害はありませんでした。
ただ今も煙のにおいがとれません。

「もう帰っても大丈夫ですよ」
と言われて玄関の前に行ったら、鍵がないことに
気がつきました。あ、家に入れない・・・、
不動産屋に事情を説明して合鍵がないか確認しま
した。持ち出した携帯電話が役に立ちました。
傘がないので、2階の家の人が玄関に放置してい
る傘を無断でお借りしました。すみません…
スッピン、ずぶぬれ、セーター1枚、
どろだらけのズボンで不動産屋さんに行ったら
すれ違う人が何事かと私を凝視しましたよ、、、
でも私は生きていますからね。
凍えるほど寒い思いをしたけれど生きております。

みなさん、火元の確認は怠らないでください。
日頃接点のない近所の人たちの優しさを
感じることはできました。
でもたくさんの人に迷惑がかかることだとも
改めて実感しました。

2007年1月9日（火）　ひだまり

● 受験の思い出。

この日記を書くことになったときに、私が日記を
書くことで何ができるかなと思いました。
大学院生の日記というのとは別に、
私だから書けることって何かなと思ったわけです。
プロフィール*にも書いているけど、私はムサビの
短大を卒業後、そのまま上の専攻科*を修了、
そして社会で働いてから、ムサビの大学院に
戻ってきました。
こういうルートで大学院にきている人は
私の周りにはあまりいません。
働いてから学生に戻る人は結構いますよ。
院生はムサビは 20 代が多いように思うけど、
年齢は学部に比べればさまざまだと思います。
じゃあ何かというと、私は大学院を受験する資格
がありませんでした。
というのも専攻科は短大卒の扱いになるからです
（大学院は大学卒業が受験資格に含まれます）
なぜ受験できたかというと、試験の前に審査を
受けて大学卒と同等レベルと認めてもらえたから
です。その基準は私にはわからないことですが、
審査を通ったので大学院を受験できました。
審査を通らなかったら受験できなかったので、
やっていた受験勉強も水の泡・・・。
ハラハラでした。
そんなわけでちょっと特殊な方向から

プロフィール：
ムサビ日記のサイト内に、ライターのプロフィールを掲載。千差万別。

専攻科：
短期大学卒業者を対象とした 1 年の課程（武蔵野美術大学短期大学部は 2003 年に収束しました）

受験しているんです。
そしてそれは短大受験のときもです。
実は私は大検*出身で、高校に行っていません。
中学のときに不登校を経験して、エスカレーター
式にあがった高校を中退しています。
大検というのは大学を受験する資格を得るもので、
高校卒業とは違います。
つまり短大に入る前はいってしまえば中卒。
今は不登校も一般的だし、高校とは違う学校も
多くなったのではと思うんですが、
私が短大を受験した頃はまだそう知られていなく
て、大検からの受験生は全体から見ても
10人いなかったと思います。
これを読んでくれた受験生の方の中に
私も同じって人はいるでしょうか。
個人的な感覚ですが、短大受験も大学院受験も、
私は他の受験生よりも足りていないと思っていま
した。それは努力とかで補えないもので、
どうにもできないものだったりしたんですが。
その分、底から這い上がる気力は
常に意識してきました。
だってスタートがマイナスな気分なんですから。
結果、不登校でもムサビに入れたし、大検でも
問題なかったし、短大卒でも院生になれたし、
社会人からでも遅くはなかったです。
私が不登校のときに大検をとろうと決意したのは
美大に入りたかったからです。しかもムサビ！
ムサビに入りたいと思っていました。

大検：
「大学入学資格検定」の略称。平成17年度より「高等学校卒業程度認定試験」（高認）に移行。

母の出身大学という影響です。嘘じゃなくて。
まさか院生になるとは思っていなかったですけどね。人生はわからないものです。
大学院の受験を考えたときはまず研究目的があって「絶対この先生に*つきたい！」って思いました。
それでその先生に指導していただくことができました。理想を現実にしていくのって運もあるけど自分次第な気もします。
欠点は大きなバネになります。これはたしか。
100％を占める悩みでも、
年齢とともに消化されていきます。
ちょっと曲がりくねった道を選んできたことを
今はよかったとはっきり言えます。
むしろこういう道だから勉強しようと
思ったんでしょうけど・・・。
というわけで、もし私のルートと重なる
受験生の方がいたら、この日記を読むことで
なにか感じてもらえればいいなと思っています。
大丈夫、大丈夫。

絶対この先生に：
大学院に合格して希望の先生に指導してもらうには、明確かつ具体的な研究目的と熱意が大切！

2007年1月16日（火）　卜部

● はれて武蔵美民

ちゃんと昨日は「東京タワー」見ました。
これではれて武蔵美民*です。
いやはや、いきなり正門*の大学名がアップで映るとは思ってもいませんでしたが…。
やっぱり桜も合成なんですね…。

武蔵美民：
ムサビ生でドラマ「東京タワー」を見ない奴は非武蔵美民じゃ！とおどしたのであった⇒166頁

正門：
ムサビの正門↓

手羽さんも*書かれてましたが、地方（同じく九州）
出身者である卜部もこのドラマを見るのは
結構辛いものがありました。
自分の親もあんなふうに頑張ってくれているのか、
だとしたら今の自分はどうなんだろうかとか…。

入学当初は学校での「自分の居場所」について
悩んだりしてましたし…。
その他諸々……。
何と言うか、自分自身を見ているような気がして
まともに画面を直視できなかったです。
やはり、物語の設定が自分の状況に少しでも近い
ものがあると嫌でも重ねて見てしまいますね。
しかもリアルタイムに近いとなお更でした。

手羽さんも：
手羽は主人公と同じ筑豊出身で、上京し同じようなコンプレックスを抱きながら過ごした自らのムサビ時代と重なり、このドラマは涙なくして見れません。もはや手羽もこみちです。

2007年1月17日(水)　ニア

● やるせない

11月にアリゾナ州に滞在した際、2週間世話に
なったホームステイ先のお父さんから突然
「もうすぐ離婚するよ」
という電話が入った。唖然とした。
夫は33歳で妻も高校の同級生だから同じ歳だ。
すでに4人の子供がおり、一番上は13歳。
働き者であり、子供にも尽くすいい両親だった。
子供たちは大自然に囲まれながら毎日自由奔放に
生きていた。勉強もするし、これが教育なんだろ
うな、と楽しそうにすごす彼らを見ながら思った。

子供たちを近所に預けて、私は両親といろんな話をした。日本とアメリカのカルチャーの違いや恋愛・結婚観についてまで正直に聞いたりした。ニコニコして彼らが出会った経緯やこれからの将来を語ってくれた。理想的な家族だった。
ずっとホームステイしたいとも思った。
様々なアリゾナでの経験を、アメリカ滞在のある人に話すと「そんな優しい家族、会ったことも無いよ。羨ましい」と言われたほど。

「彼女と一緒にいるとストレスがたまるんだ、これはね、昔からのことなんだ。だから気にしなくていいよ。最近はあまり家に帰っていないよ」
私が滞在していたとき、彼らは仲が良いように振舞っていたのだ。すべては私が不自由しないように、私のために多くの嘘を*ついてくれたのだ。
恐ろしいほどの虚無感に襲われる。
私が理想とした家族は虚構だった、という事実、私が何も見抜けずにただ楽しんでいたこと、気づければ何かできることがあったかもしれないこと。
今になってはもう遅い。
その後悔をどこへ向ければいいかわからず、
今、何もできない。

*私のために多くの嘘を：ただ大人の世界はそうとも限らない。何かのきっかけでプツンと糸が切れちゃうこともある。

2007年1月20日（土） 鈴嵐

● もうすぐ〆切

学生生活最後だと思われる地獄を見ています。

食事が 100 パー校内*の日々です。
4 年生における卒制の心的なあれを分かりやすく
分類すると、
「とても御飯が喉を通らなくて痩せてしまった」と
「食事だけが楽しみでストレスのはけ口で太った」
という 2 つにわかれると思う。
さあどちらでしょう*。
ここ最近の気分転換は世界堂に行く道のりです。
工房から出ていいと思うときゃっきゃする思い。
もう駄目だ、おしまいだ、さあ逃げよう、
というのと、
いや大丈夫、まだいける、なんとかなる、
みたいな波があって、
もう駄目なときはすごく集中力がなくて、
以前「美人になれる薬」があるなら 100 万でも
買う、と私は宣言したのですが、
今はなんかこう、強気でいられる薬が欲しいです。

食事が 100 パー校内：
朝・昼・夜・夜食の 4 回？

さあどちらでしょう：
結果、鈴嵐さんは「食べる暇が無くて痩せた」だったようです。

原稿の表裏間違えて製版したときは
紗を破りたい衝動*にかられましたし、
「ペースあげた方がいいんじゃないの？」と
私と同じくらいやばい人に言われたときは
スキージで頭割ってやろうか*と
手が震えたりもしましたが
やさしい言葉や差し入れや同期の子達の頑張りが
励みとなっています、どうにかこうにか。

おやすみなさい。

紗を破りたい衝動：
紗はきつく張ってあるので、破れるときはいい音がするが、忙しい時期に絶対破ってはいけないシロモノ
⇒ 167 頁

頭割ってやろうか：
このとき、鈴嵐さんが使っていたスキージは、1 メートル位の大きさがあったそうです！確実に死に至るでしょう。注：鈴嵐さんはそれを実行するような怖い人ではございません。多分。

2007年1月22日（月） おく★とも*

● お好み焼き屋で教わったこと

久しぶりに会った先生に3時間くらい
インタビューしました。アーツ関係。
インタビューは「情報処理」っていう授業で
やったけれども慣れないものです。
質問を考えていると同じようなことばかりになっていたり・・・つたない質問で先生は長いこと
話してくださり、感心するばかり。

おく★とも：
芸文1年。2006年4月から参加。芸文らしく活発に活動してる⇒259頁

帰りによった鷹の台駅前のお好み焼き屋さん*
（私が誕生日会を企画する時はこのお店を利用します）で出会ったおじさんと、
とても興味深い話をしました。
そのおじさんのお父さんは染物屋さんで、
色とか、アートに興味があった。
けれども、特に勉強をする機会がなくてこの年になってしまったと話をしていて、
アートの世界に関わり続けることができるって
すごい幸せなんだと感じました。
続けられることが、決して当たり前でない。
もともと年長者と話をしたり、
聞いたりするのが好きなんだけれども、アートの世界の住民*である先生と話をしたあとだったので、
違う領域の人と話ができて新鮮でした。
1年生も終わり、思わぬところで勉強できるありがたみを教えてもらいました。

鷹の台駅前のお好み焼き屋さん：
「たぬき」というお店。

アートの世界の住民：
アートを愛する人たちも、アートの世界の住民だよね。

「東京タワー」なんだかんだでみてしまいます。
芸文生も出ているのでエキストラをチェックしていますが、ストーリーが好き。
母は偉大なり。

2007年1月25日（木） 日当たり良好

● 外は寒い

手に白いペンキを付けたまま、会社説明会にいき、
あまりに面白くない話と疲れで寝てしまう。
MAUスタイル*を披露した日当たりです。
ここ数日、
会議と卒制手伝ってくださいメールのため
びゅーーーーーーん、びゅーーーーーーーん。
と飛び回ってました。んで、久々の就活。
（リクナビ*のメールがすごいことに）
就活でいろんなところに行くのは基本楽しいです。
スーツは似合うし（勝手にそう思っている）、
東京の地下鉄はほぼ制覇しているので
調べる手間が省ける（これもそう思っているだけ）
ので苦痛もないです。
日当たりは証明写真を伊勢丹写真館新宿店にしました。いいって言われるとムサビ1を争うミーハーなので、行ってみたい衝動に負けます。
ほんとにいいのか疑問だったのでいろんな人に
「日当たり行くんですけど、どうなんですか」と
聞くと、いいらしい。
みんな行かないけどいいらしい。

MAUスタイル：
手・髪・顔に絵具・染料・木片をつけたまま気がつかずに出かけてしまうファッションのこと。

リクナビ：
㈱リクルートによる業界最大手の就職活動情報サイト。フツーの就活をしていなさそうイメージを持たれがちなムサビ生だが、意外と王道のリクナビ登録者は多いよう。

らしい。か。
そうかそうか。つづく。
就活日記は泣きか、笑いか。
就活の話もかなり溜まってきたので、
出来るだけ詳しく書きます*。

詳しく書きます：
2月5日（203頁）に日当り良好さんの思いのたけが。

2007年1月26日（金）　鈴嵐

● ドキドキしているので、長いです

昨日は卒制講評と追い出しコンパ*でした。
私が予備校で初めて講評というものを経験し
その後大学で過ごした4年間の中で、
断然、一番爽快な講評でした。
それは多分私の言わんとすることが、
作品によってそして言葉によって、
きちんと伝えられたからです。
作品は完全に納得のいくものにはならなかったけど、私の頭の中にあったあのイメージを、
超えたんです多分。
想像を超えたんです。
与えられた空間を私のものに出来たから、
先輩が言ってくれた言葉を借りるならば
「摺りの細かいことひとつひとつに言及するなんて、どうでもいいくだらないことに思える力だね」
（よくないけどね）
私は5A号館の無機的な部屋ではなく、
ひとつの箱としてあの4号館の空間*をまるごと
私のものにしたかったんです。

追い出しコンパ：
卒業生を送る会と銘打っての飲み会。卒制佳境のおりには後輩たちにおいしいご飯を毎日炊き出ししてもらったり、卒制終われば手作りのコンパで追い出してもらったり、涙もひとしお。

4号館の空間：
4号館は故・芦原義信名誉教授による設計。三角屋根のアトリエが碁盤の目のように配置されているのが特徴。「芦原先生が岡山で買ったきび団子の箱詰めがモチーフ」という話が有名（真偽は不明）。7号館から、中央広場をはさんで撮影した4号館↓

ファインの講評は、デザイン系でいうところの
「プレゼン」とはかなり異質のもので、
（ファインでもコンセプト性が強く積極性のある
講評ができる学生が増えてはいますが）
「言葉にするのは苦手だから、作品から汲んで
下さい」と思っている子が、いくらでもいます。
故にいわゆる、
「制作した学生のコメントを聞いてから教授が
講評をするシステム」は卑怯だ、
それは教授の楽な道だ[*]、
多くの学生がそう思っています。
私も多かれ少なかれそう思っていました。
だってもー講評苦手で上手に喋れないから。
何も言う前から作品を見てもらうだけで
全てが伝わるならそれはもう
1人の作家として圧倒的な力だけど、
それは一生くらいかけても無理そうだから、
「観て、あなたなりに感じてください」
っていう投げっぱじゃなくて、
伝える努力をしたいと、今回は思えたのです。
毎度毎度講評で、周りの学生には手を抜いていた
ことを知られているのに恥ずかしげもなく、
多少弁が立つだけでよくもまあ、
いけしゃあしゃあとそれっぽい事を言ってのける
人を見る度に、腹立たしさと、
少しの羨望で、落胆したり憤慨したり、
ああなれたら楽だよなぁと思って軽蔑したり。
もうそんなことどーでもいいですね。

それは教授の楽な道だ：作品そのものよりもどういう経緯でその作品を作ったのか、が授業では大事なことだからね…。でもそう思うのも無理はないかも。

好きにすりゃいいですよ。
ばかめ！その場しのぎが！って言えるわーと思う。

今回卒制に向けて、
今までずっと私が考えてきた、
言葉にならない漠然としたテーマを、
アウトプットできるようなヒントを探して
たくさんの資料を読みました。
そうしていく中で、自分の中で紗がかかったような
繭みたいだったイメージたちが、
次第に少しずつ、繭の隙間を覗けた気がしました。
だから講評で、伝えたいこといっぱい、
聞いて、しっかり話すから、聞いて！
と思えたのだと思います。

版画の神様*が熱心に聴いてくださり、
言ってくれました。
「それはもはや、君の卒業論文だよ。勉強になった」と。

版画の神様：
それぞれに「神様」って慕ってる人が、いるよね。

40年以上時代を走り続けまくっている女性の教授が「あなたのように若い女性がそういうことを考えているなんて、私が励まされた気持ちだわ」と。
講評が終わったあと、女性の先生3人が駆け寄ってきてくださり、「すごく良かった、絶対にいい！」と。

“もともとそのテーマに関心があった人／考えたこともなかった人”その両方の立場それぞれに、
何か印象を与えられたことが、

私は物凄く、嬉しくて胸が震えました。

別に学内で教授に評価されることは
なんにも確固たることじゃなくて、
なんにも全てではありません。
ただ、「作家として生きている先輩」として
考えれば得るものはたくさんあります。

さて、次回は卒制展の見所*や、
追いコン（ありがとう）や、
私の神様たちについてなどでも。
また書くことたくさんです。
広報の手羽さんが本当に書きやがった*ので
私からもお知らせしますと、
明日からの卒業制作展、私の展示場所は 4 号館の版画研究室の奥の 218 アトリエです。
（ちなみに、デザイン系の方は版画研の場所すらご存じないかもしれませんが、多くの研究室のパターンである「入っていきなりカウンター、その奥は学生立ち入り禁止」「外から様子が全く見えない上に名前を述べろとか言う」スタイルでは全くなく、全学科で圧倒的にいちばん愛しい研究室です。いいでしょ。）
ただ 4 号館のいちばん奥なので、外部からお越しの方などはとまどわれるかもしれません。
看板を設置してありますので、
そのまま螺旋階段を昇ってお越しください。
ちなみにその看板は私がシルクで作ったので

次回は卒制展の見所：
卒制展は「卒業・修了制作展」の略称。鈴嵐さんの卒制展報告⇒ 1 月 31 日（197 頁）。

本当に書きやがった：
手羽ブログ内で「あなたの卒制を宣伝します」コーナーを勝手に作り、鈴嵐さんの展示の目印や部屋番号まで載せちゃいました。みんな宣伝しなくちゃ。

それもがんみ*してください。
ゴミ捨て場からリサイクル。イエス。
また、会場には頻繁に居ますので、
もし何か質問などありましたらお気軽に
お声をかけてください。
サイレントマジョリティ*である日本の女子において
良くも悪くも形成されてきた女子カルチャーの、
武器としての少女性を、閉塞感のあるそれを
アウトプットしようとした私のお話なら
いくらでもしますよ。
芳名帳*にでも何かコメントを残してくださると
嬉しいです。
でも2日目以降に*来てくれると嬉しいな。。。
時間がなくて。。あの。。会場が。。

がんみ：
「ガン見」。「じっくり見る」より更に強く見ることの表現。誤植ではありません。

サイレントマジョリティ：
多数派意見なのだが積極的な主張や行動をしないために、影響力を持てない集団の意。声に出さない主張が、空気や雰囲気、社会風潮といったものまでも作り出す。

芳名帳：
コメントをもらえたり、今後に期待を寄せ、連絡先などを書き残してもらえる芳名帳は、形に残る宝物。

2日目以降に：
平成18年度「武蔵野美術大学卒業／修了制作展」は2006年1月26日～29日の4日間でした。

2007年1月30日（火）　ふか

● 卒業後

絵画コースを一緒に卒業*した人が、先週銀座で
個展を開催していました。
3月に卒業して、1月に銀座で個展。
速い！凄い！
知り合いの卒業生、在校生も何人か見に行って、
メールやミクシィに感想を書いているのを
読みました。評判、良かったみたいですね。
「卒制の時より、全然良い！」
というのは正直すぎる感想（笑）。
でも行った人みんなが絶賛する、大画面を線で

絵画コースを一緒に卒業：
ふかさんは絵画コースを卒業後、現在は別コースに在籍中。

埋め尽くした作品は見たかったです。
私も案内葉書は貰ったのですが、如何せん東京は遠い。行けなくてごめんなさいよ〜。

卒業後の進路について悩むのは、
通学も通信も同じです。
通信はすでに社会人だったりする人が大多数なので、『東京タワー』のマー君のような転落人生*は皆無なようですが、やっぱり卒業後に
制作を続けられるかどうかは難しいところです。
大学の勉強と仕事がリンクしてる人はいいですが、
それ以外はどう自分の人生に反映し続けられるか…。
美術教師や学芸員にトラバーユする*か、
趣味のまま制作し続けるか、
大望を抱き作家活動をするか etc
悩みは尽きぬってとこですかね。

マー君のような転落人生：マー君は、リリー・フランキー氏『東京タワー』主人公の愛称。ただ転落した後に成功してるわけで。

トラバーユする：転職すること。

通信の先生が飲み会でこんなこと言ってました。
「どんな状況でも食っていけると思える神経の
太さがある奴だけが、作家として続くんだ」
職業に貴賤の差はございません。
格差社会だろうが何だろうが、
食べられれば勝ちです。
周りからどんな目で見られようが、
気にしてはいけません。
て、ことですか。

が、頑張ろう〜、アウトサイダー。

2007年1月30日（火） ひだまり

● 卒制展（イブニング・スター編）

卒制展を見にきてくれた方、
本当にありがとうございました。
お礼や謎の花の顛末を帰宅してから
書こうと思って、パソコンをつけてですねー、
床で寝てました！今起きました*、おーい。
昨日は作品撤収で、5時過ぎに一気に片付け始めて、
友達のところもまわりながら撤収作業を進めて、
さらに作品の80%を引きづりながら
持ち帰ったので、力尽きたようです…。

今起きました：
朝の8時前のエントリーから推測するに、ひだまりさんは12時間ほど気を失っていたようです。

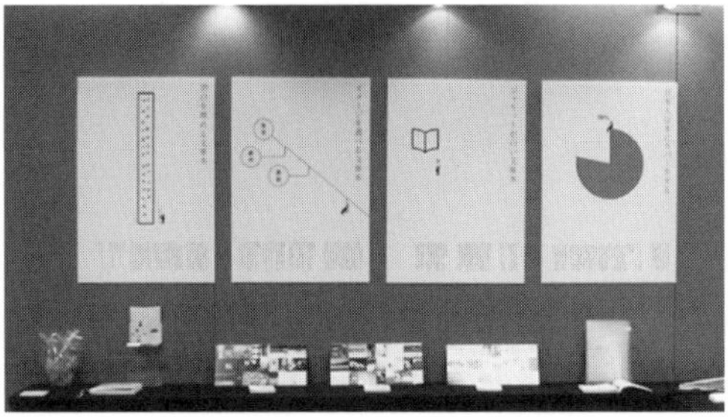

私は本や本のジャケットを展示していました。
日曜日だけは案内係*の子がいたんですが、
他の日はいなかったので、4日間9時に
ムサビに行って、鍵を開けて、5時まで
ずーっと展示室にいるような感じでした。
ダンパネ*の後ろで作業したり、寝たり。
気がつかなかった人多いと思うんですけど、
実は私はいたんです。
そのうち日曜日だけは午前中に総評と午後に

案内係：
展示物の破損、パネル崩れ、照明切れなどのトラブルに対応するために、展示している本人が数人で交代して立つが、美術館にいるそれ系の方々とは違って、さぼりがち。

ダンパネ：
「段ボールパネル」の略称。段ボールでできたでかいパネル。段ボール製は有孔パネルに比べて軽いので、運ぶのがわりとラクだが大量に運ぶのでやっぱり筋肉痛に。美大は体力勝負！

公開プレゼン*があって、
しかも総評の話は聞いていなかったので、
「え？１日中１号館にいるの？」ということになり、
手羽さんや友達がくることになっていた私は
気が気じゃなかったんですよ。
それでお昼に走って展示室へ戻ったら、
謎の花が置かれていたわけです。
小さくてかわいい花なんですけど、
「イブニング・スター」と札のようなものが
ささっていて、会社名だと思ったんです。
それが全く記憶がない会社名。
コメント用のノートがあったのに、
そこにも何も書いていなくて、
誰なんだってことになりました。
案内係の子も「気がつかなかった」って
（それでも案内係？と思いつつ…）。
友達には気をつけた方がいいよーと言われ、
「イブニング・スター」を検索した方がいいよと
言われました。
それでですね、帰宅後検索したらあったんですよ。
しかも、「イブニング・スター」社という
その出版社は『VAN』というマンガ雑誌のほかに、
『風刺文学』という文芸誌、『黒猫』という
推理小説を中心とした月刊誌も出していた。
ただ過去形なわけです。
今存在しているかはわからない感じで、
これはパロディ？名前もなんかアンダーグラウン
ドな印象だよね、と妄想がどんどん膨らんでいっ

公開プレゼン：
基礎デでは、ゲストを招いて卒制のプレゼンテーション及び講評を行い、その様子を一般公開する。先生たちの貴重な講評が聞ける卒制展の目玉企画の１つ。

て、昨日の朝、手羽さんの日記で解決しました。
「あ。手羽さんだったのか*、と」（笑）
しかもイブニング・スターっていう
花の名前だったんです！疲れてるな、私…。
手羽さんありがとうございました。イブニング・スターは昨日私と一緒に帰宅しました。
ちなみにイブニング・スターは
上の写真の左側*に写っています。
1日にたぶん100人くらいの方が私の展示に
立ち寄ってくださった印象です。
私の作品は本なので、書店で並ばない限り
こんなに多くの人の目に触れる機会もないです。
見てくださった方、本当にありがとうございました。

あ。手羽さんだったのか：展示を見に行ったら違う部屋で講評中だったらしく、誰もいなくて持ってきた花をどうしよう…ペンも紙もない…えい、置いてきちゃえ、と。後で考えてみると、花だけ置かれてる状態はこの御時世、ちと怖いか。

上の写真の左側：
⇒192頁

2007年1月30日（火）　tank

● 自分 お疲れっ！

卒業制作展が終了しました。

私の作品《いるいるキャラクターカタログ》です
が、本当に沢山の人が足を止めて、
111の吹き出しを、端から端まで
読んで下さいました。
「いるいる！」と笑うお客様の声が、そちらこちら
から聞こえた時は、『トリビアの泉』で
「へぇ」を貰った時の八嶋智人のように
「ありがとうございます〜」って思いました。
正直、この反応を見るまでは、朝起きる度に
「私はなんて下らないものを
大学に飾ってしまったんだ！」
という恥ずかしーい気持ちになっていました。
夜書いた手紙を、朝読んでみた時の、
あの恥ずかしさです。
今からでも遅くない。剥がしに行こう*。
そう思って展示室に入ったら、この有様です。

剥がしに行こう：
共感できる人は山ほどいる
だろうなあ。提出してから
眠れなかったりする。

あらら。
そして思いました。私がずっと見たかったのは、
こういう風景だったんだな、と。
もうこれは、完全に自分の為の展示でした。
皆が私の作品を指差し「ぎゃはは馬鹿じゃねぇの！」
と笑う姿を、後ろからニヤニヤ見つめる……
そんな夢を叶える為の展示でした。
足を止めてくれた皆さん、
tankの夢を叶えてくれてありがとう。

嬉しかったので、最初の2日間はほぼずっと
展示室にいました。
日曜は基礎デの公開プレゼンテーション、
月曜はちょいと用事があったので
いれなかったんですけど、その代わりに
置いておいた名刺が全部無くなっていて、
こんなことならもっとちゃんとしたの
作っておけば良かったと思いました。

この作品は、デザイン的に説明しようと思えば
説明できるけど、そうしちゃうとなーんか
言い訳っぽくなるし、もう見る人が見たら
「なんだこのしょぼいの」ってなる作品だし、
更にtankの手抜きグセを知ってる人にとっては
「あーまた楽ちんに終わらせてるよ」
と思われているみたいだし？
でもいいんだもーん。
「もっとこうすれば良かったな」ってのは
あるっちゃあるけど、このブログのキャラ設定上、
そういうの書く感じでもないっしょ？
だからいいんだもーん。
皆が指差して「ﾌﾟｷﾞｬ------m9(^Д^)------」
と笑ってくれたあの風景。
とりあえず今は、それが全てってことで。

まー、とにかく卒展、楽しかったです！
基礎デの公開プレゼンテーションも
すごく笑ったし。それとね、あの真っ赤なDM*、

真っ赤なDM：
毎年、卒制展の案内ハガキを大学が作って配布。平成18年度のものは「ムサ美の山から火が噴いた」のコピー、真っ赤でインパクト大。design 今野千尋さん（デ情2年）

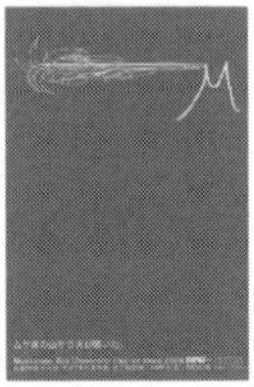

私は大好きです。
なんか、ある意味、
自分が卒業する年っぽいっていうか、
ホント、いいと思います！！！！
とりあえず、気持ちが新鮮な内にこんな感じで。
作品のことなどは、また書きます。

2007年1月31日（水） 鈴嵐

● 卒制展（終わっちゃった…！）

卒制展にご来場いただいた皆様、
ありがとうございました。
できればずっと会場にいたかったので
戦友たちの作品はなるべく、来場者の少ない
午前中に行ったりしてたんですけど、
（でもギャラリストの人[*]は朝から気合入れてくる
人が多いのでファインの人は要注意ですよ。
変で金持ちそうなおじさんにはアンテナを張りましょう。夢の「君、この絵はいくらかね？」という
漫画のような事故に遭うかも）
両親を案内したりして不在だったり
あとせっかく来てくれたのに違うお客様の応対を
していて長くお話できなかったりで
すみませんでした。まー忙しかった。

制作搬入講評大掃除、とスケジュールもビタイチ
休みなくきてるんで気が抜けなくて、
講評終わったのに変に疲れるのね。

ギャラリストの人：
画廊（ギャラリー）を営んでいる人。ムサビの卒制展や芸祭にはアーティストの卵を発掘すべく、ギャラリストが多くやってきてはギャラリーに展示する作品を探す。

芳名帳の方に「ブログを見て。。」と残して
くださった方も結構いらっしゃいました。
ありがとう。これからもよろしくね。
作品を見て初めて話しかけてくれた同級生も。

あといまさらですが
テバさんが書かれていた４号館の鉄扉*について。
ドアは基本開けっ放しですので
閉まってるということはアニメの上映などのため
に敢えて閉めてるか、展示物が落下したとかの
事故があって作業してるかのどちらかです。
ただ展示中は鍵が学生管理なので、
持ち場の担当によっては「暖房をつけてるから」
と閉めたままにする学生もいたのでしょう。
でも昔に比べて螺旋階段下や入り口に
なんらかの掲示をする学生は
圧倒的に増えましたよ。

４号館の鉄扉：
手羽ブログにて「閉まってると入っていいのか迷う」「ご自由にお入り下さいと貼り紙をして」という意見を述べたのですが…いろいろと事情があるようですね。

ファイン系良かったかというと
いやそうでもないんじゃないか
という気がしたりもしましたが、
自分の学年だと客観的に見るのが難しいので
よくわからなかったりもします。
よくわかんないけど、入賞者多くて平均点高め
だけど１位該当者無し、
みたいな感じでしょうか。
とりあえず、床にクロッキー帳（芳名帳）まるなげ、
とかゆがんだキャンバス*、とかは

ゆがんだキャンバス：
油絵学科には絵画組成室というキャンバスや下地などを作れる部屋があり、少しでも安く制作するためキャンバスを手作りする学生が多数。ただし号数が大きくなればなるほど、枠がしなってゆがむこともあり…。

減った気がします。

ご覧になった方もいらしたと思いますが[*]、
私が壁面を全面ピンクにしたり、キャプション[*]を
装飾したり、DMでイメージを提示したり、
作品パネルの側面まで摺って利用したのは
全部一貫した思いがあって、それは
あーおなかいっぱい
という気持ちになってもらうため。
これは芸祭の展示のときでもずっと思っていて、
だからシルクの手作りで名刺やポストカードを
作り（それも売らずにただで持って帰ってもらう
ことが大切で。）
キャプションも一貫して作りこんできました。

ただ作品を見せる、設置する、というだけでは
それが自分のアンテナにひっかからない人には、
興味を持ってもらえないかもしれません。
じっくり見れば気づく仕掛けがあるのに、
素通りされてしまうかもしれません。
絶対に、お客さんに「ここに足運んで損した」と
思わせないようにするためには
作品に興味を持ってもらうとっかかりを作ること、
それで次のステップとして
オマケ要素自体でも
おなかいっぱいになってもらうこと。
「作品」＋α①＋α②の成立が目標でした。

ご覧になった方も…：
鈴嵐さんの作品↓

キャプション：
作品に添えてある、タイトルや作者名・素材・技法が書かれた説明文。ここから作者の作品への思い入れなどが伝わってくることもあるので、意外と手は抜けない。

お菓子のオマケ的に楽しんでもらいたいのです。
ここで 10 パーの勝ち、ここで 15 パーの勝ち、、、
で、最終的には円グラフのわっかが総合的に
大きくなるという。
ここにも、あ、ここにも！
あら、こんなとこにもー*。です。

*あら、こんなとこにもー：あら、こんなところに牛肉が～♪ですね（古い？）

こういう気持ちがどこから来たかって言うと、
劇むさでの経験からですね。
会場美術とか宣伝美術で効果を発揮する
「偶然そこらへん歩いてただけ」
レベルの人から
惹き込んでく導入段階から、
芝居の中身自体で
音響や映像や衣裳や照明などの複合的な要素で
食いつかせるとこまで。
それ以外にスタッフの応対、
チケットの見易さだとか
預かった荷物の札に至るまでの、
①「足を運んでもらって」
②「満足して帰って頂くためには」
を考えまくった私の貴重な 4 年間の経験は、
結局自分の制作に還ってきました。多分。

次はどうすっかなー。

2月

美大生の肩書きを取ったときに何が残るのか

2007年2月2日（金） razy

● お受験です

やってきましたね。
この季節が。

1年前は確か泣いてました。
デッサン出来なさ過ぎて。
デザインは好きだったけど、点数に結びつかず。
親には遂に浪人OKされ
（両親も「ダメかも…」って思ったのか）
「なんで自分美大めざしてんのー」
「ってかもう背水の陣」
というような手も付けられない精神状態でした。
でも1つだけ拙者が今の受験生（現役生）に
助言をするならば、
「努力は裏切らない」
ということでしょうか。

私は実技は人並み、人並み以下だったので
とにかく学科で点数稼ごう*と、
予備校で実技にフルパワー全開の傍ら、

学科で点数稼ごう：入試は、国語・外国語の学科試験と作品制作等による実技試験（専門科目）の総合点で合否判定する。現役生は、実技を磨いてきた浪人生に対し、学科の点で対抗しようとがんばる。

家と学校でとにかく学科の勉強を頑張っていました。
こういうモチベーションというか姿勢って
今思えばすごく受験において
大切なことだと思うんです。
人それぞれに得手不得手があって当然なので、
後はそれを埋めようと努力する次第だと思います。

私だって受かったんだし。
（予備校の皆も私が受かるとは思ってなかったで
しょう…この前予備校行ったら先生にも
「君は学科頑張ったもんね！」って言われたし 汗）

誰もが諦めても
自分だけは諦めてはいけないのです。
湘北高校の安西先生*もきっとそう言うと思います。
口に出さずとも、本番まで
「もしかしたらあわよくば
受かってるかもしんねーじゃん*」
と思っていたほうがいい気がします。

今年は私の浪人してる友達数人も受験するので
一番にそいつらを応援しますが、
もしこれ読んでる人がいてくれたら
あなたも頑張ってくださいな。
私の助言を信じるも信じないもあなた次第です。
実家で『ケロロ軍曹』1話からみまくってる
この私の助言を。

湘北高校の安西先生：
人気バスケ漫画「SLAM DUNK」の主人公が所属する、湘北高校バスケットボール部の監督。「あきらめたらそこで試合終了ですよ」とは、全ての読者が涙した伝説の名ゼリフ。電車の中では読めない。

受かってるかもしんねーじゃん：
もっともです。その力が合格を手繰り寄せるんです。

2007年2月5日（月） 日当たり良好

● 就職活動

どーも、久々です。
春休みは就活のことについてちょっぴり
書いてみようかと思います。
既にキー局始め、マスコミ系のエントリーは
かなり締め切っています。
日テレに関してはムサビで初めて
ガイダンスしたときには就職課の方が
「日テレの募集は終わっています」
といっていたのを覚えています。

日当たりは結構ビッグサイトなどで行われる
合同説明会に行きます。
面白半分で金融ブースの説明も聞いていたり。
企業を知るってそんなにないですから、
色が出ていておもしろいです。
オリジンはそのままですからね。
普段知っているのはイメージだけです。
はじめの頃は、私服で行ってました。
スーツが買えなかったというとなんだか哀しい
気分ですが、本当に買えなかったんです*。
一式揃えようとすると7万はみた方が良いでしょう。
はっきり言って家賃より高い*。
それに、「服装自由」って書いてあるんです。
でも、去年の会場風景の写真は
スーツ、スーツ！スーツ！！！！！

買えなかったんです：
冬物スーツを一式揃えたと思ったら今度は夏物。交通費もかかるのに、シュウカツ中はバイトもろくに入れず…！ていうか卒制…！と、就活生たちは大変なのです。

家賃より高い：
ムサビ生の家賃はどこまでも安い。家より画材！

誰ひとり、拡大してみても私服いません。
わざとなのか？まぁ、自由って書いてあるので
私服で行ってみると案の定、浮きます。
それにもっとびっくりするのが「テンション」。
間違いなく違います。
少し受験のような雰囲気がただよっています。
わたしがわたしが！そして団体行動。
当初、席に座るだけでも喧嘩している人いました。
それは論外ですけど。それくらい真剣なんです。
一般／美大とわけるのは微妙だなって
思ってましたが、実は美大が特別じゃなくて
美大が遅れてるからわけているって
思うことを薦めます。
社会人として遅れてるってことです。
ムサビの求人*はすごくいいです。
みるだけですごいなーって思います。

ムサビの求人：
企業からムサビに対して来る求人のこと。単純に数だけでいえば、ムサビ生対象の求人はものすごく多い。

まず、企業に対するがっつき方が異常です。
人事部に顔を覚えてもらわない限り帰らないって
感じです。何回も同じ企業の説明会に出るんです。
→実は出た回数を調べている企業もあるそうです。
個人的には大変だなって思います。
それに、みんな大人っぽい。
仕事バリバリやりますオーラでムンムン。。。
ムサビ生よく考えると、幼い顔多いですよね。
たぶん高級ブランドを持っている人が*
ほとんどいないっていうのもあります。
『CanCam』より『クウネル』って感じです。

高級ブランドを持っている人が：
油絵具とかついたら立ち直れないしね。

ムサビの土が恋しくなりそうですが[*]、
いくつか感じたことがあります。
就活に対するテンションは大学の「文化」。
よく一般大学の方は研究しています。
まず服装。後から知ったんですが、
男性のＹシャツの中は基本的に裸。
下着を感じさせてはいけないらしいです。
もちろん、女性は下着付けますよ。
3つボタンの場合、一番下のボタンはしない。
スカートは膝より上の方が（某大手スーツ販売店では
長めにするのを薦められるのですが）大人っぽい。
靴の裏は革[*]。ゴムだと田舎っぽく見えてしまうこと。
ヒールも実は高めがよく見える。
鞄は床に置いても倒れないモノ。倒れると面倒です。
鞄を持ったままだと立ち話時にメモが取れない。
室内に入ったらコートを脱ぐ。
みなさん一斉に脱ぎ出しますから。などなど。
もっとあるんですが、また今度。

ムサビの土が恋しく…：
そうだよね、こんなふうな環境だもんね（捨てられた？彫塑作品）

靴の裏は革：
意外と靴は他の人から見られてますよ。

一番参考になったのが実は「質問の仕方」
就活始めるまで分かりませんでした。
ハズカシイんですが。
まず、立って、お礼を言ってから
大学名学部と名前を言う。
そして質問が複数ある場合はいくつあるのかを
はじめに言ってしまう。
そうすると答える側が整理しやすい。
そしてまたお礼を言う。

それに、会社にメールする場合の書き方。
見よう見真似ですが。
そういえば、前にFAXの送り方で
怒られたことがあったんです。
そんなことを知らないでクリエーターになろうと
しているのかってくらい言われました。
今、これをよんでFAXの送り方（正確には送信1枚目*）を知っている人って
どのくらいるんでしょうか。
知っている人を素直に尊敬します。

送信1枚目：いきなり資料を送るのではなく、1枚目には相手や当方の連絡先、用件などを記入した「送付状」をつけるのがファクシミリにおけるオトナの常識とされている。「いつもお世話になっております」などの一言も添えて。しかしあまりに丁寧すぎると「イヤミか？」ということにもなり…。

美大生の肩書きを取ったときに何が残るのか。
よく考えると、美大生ってコトバで無関心を容赦し、
無関心が真実を見えなくしてると思ってます。
そこから 日当たりの就活はスタートです。
これからどーなることやら。

2007年2月7日（水） ニア

● それでも私は食べ続ける

3年前の美大受験の頃は楽だった。
受ける大学は5つくらいで
やればいいことは、英語とクロッキー
（デッサン用）と色彩構成で使うための色*を
フィルムケースに入れるくらい（本番用）。
ところが就職活動はまったく違うよね。
そもそも学生から社会人になる
関門のようなものだから。

色彩構成で使うための色：入試の実技試験では、色を混ぜて作る時間を省くため、あらかじめ絵具を混ぜてたくさんの色をつくり、フィルムケース等の密閉容器に入れて試験会場にもって行く受験生が多い。

何十回自分の個人情報をウェブで書かされたか。
ネットの時代でも、それはそれで面倒なのね。
何十回志望動機を書いたか。
そのたびに私は将来の私を作りあげる。
やらなければいけないことは
英語（あと30点！）
中国語（3級！）
一般常識（人並み程度に！）
SPI*（鶴亀算！）

SPI：
就職試験などで行われる、
能力・適性検査の1つ。

そして作品作りはもとより
面接になったらプレゼン能力、
コミュニケーション能力とエトセトラ。
交通費や作品制作にお金がかかるので、
バイトは継続。（両親に返金もせなあかんし）
何を削るって、
あくびの時間？トイレの時間？寝る時間？
たぶん、要領いい人はうまいことやれるのだろう。

2007年2月7日（水） 音量子

● シューカツ

ムサビコムで就活のブログを読んでいたら、そこまで考えをめぐらせていたのかといじらしくも思い、痛々しくも感じた。
会社に入って何年か経って新卒の面接でもするようになったら「なーんだ。そんなことだったのか」と思うのだろうけれど、今はそのとば口に立とうとしているのだから、人事担当や面接官の思惑をいろいろと考えてしまう気持ちは良く分かる*。

気持ちは良く分かる：
広告系企業に就職を考えてる方は個人的に『気まぐれコンセプトクロニクル』（ホイチョイ・プロダクションズ著、小学館）を読むことをオススメします。

教育機関や役所はどうか知らないけれど、会社であれば採用するか否かは、その学生が会社に利益をもたらすか*どうかという判断にかかってくる。
とは言え、新卒にすぐ利益を出してくれと言うのも酷なので、その学生の将来性を買うのか買わないのかという問題に行きつく。
営業職であれば将来大きな案件を受注できるかどうか、技術職であればすぐれた技術を生み出すことができるか否か、経営幹部候補であれば将来組織を正しい方向にリードできるかどうか、ということがポイントとなる。

会社に利益をもたらすかどうか：
これが全て！

容姿や服装で特定の人が記憶に残ることはあるけれど、僕自身は 100% 判断材料とはしない。
他人はどう判断するのか知らないけれど。
美人コンテストではないのだから、中身で勝負してもらいたいと思う。
でもよくしたもので、新卒の髪型服装はみな同じようなものだから、まず印象になんか残らないんだけれど。

2007年2月8日（木）　音量子

● シューカツ 2

ムサビコムやオフ会*で、就活の話を読んだり聞い

オフ会：
インターネット内で顔を知らずに交流している人たちと現実世界で集まる会のこと。ムサビ日記ライターによるオフ会も数回開催されていて、ハンドルネームでの自己紹介がこの上なく恥ずかしい恒例行事となっている。

たりしたけれど、傾向と対策についてはちょっと的が外れているのではないかと思ったので、僕自身が面接について重要と思うこと*を記してみます。

僕自身が面接について重要と思うこと：さすが大人！通信生と通学生が mix してる、ここがムサビ日記のいいところ（でしょ？）

人事担当や面接官は１日にかなりの数の学生を面接します。
朝一番であれば頭もすっきりしていますし、あなたと同じように緊張もしていることでしょう。
夕方であれば、疲れ切って頭がぼーっとしているに違いありません。顔には出さないでしょうが。
つまり何を言いたいかというと、面接官は常に頭がはっきりしているわけでもないし、気持ちが平静でいるわけでもありません。

あなたが自己アピールをし質問に受け答えをしたとして、それに対して面接官が同じような質問を繰り返したとします。そのときの面接官の気持ちは、
1. あなたの話に興味を持って何度も質問している。
2. あなたの言っていることが良く分からないので、いらいらしながら質問を繰り返している。
ふつうこの時は、１より２の可能性が圧倒的に高いと考えたほうが良い。
つまり、面接官には分かりやすい言葉で受け答えすべきです。
相手が自分と同じ専門知識を持っているとは限りません。また、面接時間も限られています。
また、疲れて頭がぼーっとしている人に印象を与えるには、自分が本当に主張したいことや訴えた

いことについて、殺し文句を用意しておくべきです。
それが、アドリブでできると言うのであれば全く
問題はないでしょう。

2007年2月8日（木） 鈴嵐

● ユニコーン

の映像を見ていると、民生*も若かったんだなぁと
思って嬉しくなります。
明らかに、バブル。

民生：
奥田民生のこと。ユニコーン時代の奥田民生を youtube で見るのが鈴嵐さんの中でブームだったようです。

今日は劇場の内見に行って来ます。
実家から割と近いから道さえ分かれば
自転車で通えるかもしれない・・・

5000 万円あったら*芝居の稽古場と事務所を
作りたいねっていう話をしたりしました。
5000 万円あったら私の謝恩会のワンピースも
買ってくれるそうです。
でもあの人たち 5000 万あったら
演劇やめるのかな。
今日のおまけ「稽古場の苦労について」

5000 万円あったら：
アトリエが欲しい、稽古場が欲しい、展示スペースが欲しい…と、興味のある分野に対する欲求は尽きない。仮眠スペースが欲しい、ATM が欲しい、生協が欲しいなど、汲めどもつきぬ声たち。

お芝居をする人たちは稽古場を探すのに
ものすごく東奔西走しなくてはなりません。
成人したいい年の集団が芝居を続けていくなんて
ことは、社会的には
「そんな人たちがいるなんて、考えてもみません

でしたー！」レベルの稀有さなのですね。

その後に続く全ての番組をずれ込ませるなんてい
うテレビ欄完全無視の横暴をしなやかに強行突破
する野球中継が何故まかり叶うのかって、
それは視聴率が取れるからで。
ドラマ観たかった人は用心深く延長する時間を
計算して録画しないといけないわけで。
ちょっとたとえがちがうな。
ワールドカップやオリンピックが「まさかこの世
界的なイベントに興味がない人がいるなんて！」
と言わんばかりの盛り上がりを見せるかのように。
女の子のサマンサタバサ*所有率が絶滅危惧種並み
のむさびという美術大学にすら、満足に
稽古場として使えるようなスペースはおろか、
舞台も無いのですから。

サマンサタバサ：
バッグやアクセサリーのブランド。よく分からな…。

でも演劇やってるって言ってもみんな「パフォー
マンス」とか「インスタ」とかに慣れてるから奇
異の目で見られないし、やっぱり大学の中で
何かをするのって非常に安全で、
すごく守られてると思います。
ふつうだとまず屋外で練習は無理。
公園とか実は最強にがんじがらめだし。
本物の変な人が出るし。
寒さや暑さで圧倒的に能率が落ちる。
一般の施設を使うとして、安くて、ある程度の
スペースがあって、大きい声を出したり、
多少動けて、怪しまれなくて（一番大事）、

なんてところほぼ皆無で。公共の施設も、
演劇の練習っていうと貸してくれなかったり
するし、何人以上だの、どこに住んでるかだの、
予約方法だの、月に何回まで利用していいだの、
演劇って、ものすごく、無力。
ああ、コーラスの練習は許されるのにどうして！
市民権得てるよなあ、コーラスは！
スポーツとかさ！
明確で分かりやすいものってさ！

2007年2月11日（日） 四輪駆動

● 入試対策（〜そして伝説へ〜編）

最近ムサビコムからのアクセス*がかなり増えてます。
それは受験生が受験に対する不安から
ムサビコムに訪れているのか、
ムサビ生が暇すぎてどうしようもないという
焦りからなのかはさだかではありませんが、
まぁとりあえずこれからは
受験のこと書かないとですね。
本当はパチンコ初体験の話とかあるんだけど、
それどころじゃないって話ですよね。
はいはい。分かっておりますとも。
それは勝ったときにでもとっておきます。

さてさて、今回はドキドキの試験編です。
そぅ、現役生の皆さんは
試験は不安に思うかもしれませんが

ムサビコムからのアクセス：ムサビコムのトップページから、四輪駆動さんのブログへ行くこと。入試の時期になるとアクセス数が倍増します。

試験はめちゃめちゃ楽しいよ。

え？うちだけですかね？
大手の予備校とか行ってれば色んな人の
作品見れるかもしれませんが、弱小予備校では
多くても 40 人ぐらいしか見れませんからね。
それが試験では全国から来ます。
井の中のかわずが大海を知る数少ないチャンスです。
とってもウキウキでワクワクでランランランです。
普通に楽しいですよ。
まぁ見てるばっかで自分のに集中できないのは
問題ですが、なんつったって試験には必ず
伝説が生まれます。

「失敗は成功した時のネタの元」とは何度も言っ
ておりますが、もはや「成功した失敗のネタ」
とも呼べるような確信犯的な

伝　説　の　受　験　生

が少なからず出現します。
特に藝大の試験では伝説だらけだから、
国技館*行ったら見回さないと損ですよ。
ちなみに私が聞いた、
本当にあった伝説の受験生の話。

国技館：
藝大入試は構内では狭すぎるため、1 次鉛筆デッサンは国技館で開催する。

その 1.「木炭デッサン」の試験ででっかい木炭を担いで出現。

いゃ、間違ってない、間違っては無いんだ。

ただ君は“デッサン”という単語に目を向ける
注意力が足りなかっただけなんだ。

その 2. 着ぐるみ着用して登場。
もはや 3 万払ってネタ作りに来たとしか思えない。
もちろん着ぐるみで試験をしたらしいのですが
結果は知りません。

その 3.「エロスをテーマに作品を作りなさい(?)」
ですっごいリアルな性器を作り上げた少女。
言わずと知れた、多摩美*の去年の試験*。
ちなみに下ネタ話をすると顔を赤らめるような
私の友達がこの空間に居合わせたのですが、
この試験の話を聞いた時も、顔を赤らめていました。
もぉ〜〜あたしもその空間に行きたかったぁ〜〜
o(*´д`*)o ﾌﾞﾝﾌﾞﾝ

はい。ごめんなさい。
悪ふざけはほどほどにします。二度と言いません。
許して下さい。

その 4. 試験が始まっても筆をとらず瞑想し続け、
終了 1 分前、
「喝！」
といってキャンバスに点を打って提出。
何かを悟っているようですが、残念ながら凡人には理解できなかったようです。
ってか横にこんな人がいたら

多摩美：
タマビ。「多摩美術大学」の略称。一般的にはムサビのライバル校であるとされているが、昭和 10 年（1935 年）まではムサビとタマビは同じ 1 つの学校（帝国美術学校）だったってこと、知ってました？

去年の試験：
多摩美・工芸学科の入試問題、正しくは「〈エロス〉を自由に解釈して造形しなさい」。素材は粘土（陶土）でした。

気になってしょうがない。
まぁ細かいことあげてるとキリが無いのでこの辺で*。
美大受験は普通の受験に比べたら
本当に面白いですね。

キリが無いのでこの辺で：昔、ムサビ入試にペットのニワトリを連れてきた人がいたとか、モチーフに新巻鮭が出た年はムサビ猫が試験中教室の中に入ってきたとか、いろいろ入試ネタはあります。

でも周りが奇抜な事してるからって
自分もつられちゃいけません。
ムサビの油と版画は意外とみんな
「受験の時どんなん描いた～？」
「普通に描いた～」
という会話をよくしたので
対象物を素直に書いてる人の方が
受かってるみたいです。
・・・おそらく。
まぁ普通って表現がどういう意味を指すのかは
よく分からないですけどね。
あっ伝説に巡りあった人は四輪駆動まで報告を。

2007年2月16日（金）　ニア

● モテたい人のために

ミスタードーナツでグラタンパイを齧りながら
小説を読んでいると隣の席に３人が腰掛けた。
私と同じくらいの年齢で２人が女、１人が男。
最近どうなの、という生ぬるい会話が始まった。
サークルの先輩がさ、と女は語る。
「年下には興味がないみたいなんだけど私は狙っ
ているの」

「○○ちゃんすごいね」男がすかすかの反応をする。
「すごいね。彼は今までいろんな人に告られているでしょ」女。
3人のサークルの恋の話は
ずっと同じテンポで続いた。
会話は、すべて中学英語で訳せそうなくらいボキャブラリーがなく単調で、
牛乳を熱したときの表面の膜のようだった。
『世界の中心で—』が流行る理由がわかった。
今の若者にとっての言葉は
「携帯で打つ」くらいの深度のものなんだと。
しかしまぁいつの時代でも、
恋というのは突然始まってしまい心をかき乱す。

数学のように解答があれば、恋も巷のカフェでのネタにならずに「恋学」のような授業があるはずだ。
それは自我が目覚めて、やりどころもない情動で悶々とする中学から始まる。
これは自分の種を残すために必須なスキルだから、
みんな必死になって勉強するに違いない。
おそらく保健体育の性教育もそこに入るだろう。
勉強ができなくても、恋学の点数が良ければ
クラスの人気になれるだろう。
恋はもちろん実る恋と散る恋がある。
悲しくも敗れてしまった時には
「恋学」の教科書にはこう書くべきだ。
「腹筋100回×3セット行うこと、もしくは
グラウンドをうさぎ跳びで3周すること」

「振られた相手を思い詩 30 篇以上を書くこと、
もしくは彼女を好きになった瞬間の状況を小説として 3000 字以上で書くこと」
「特徴をしっかり意識した彼女の絵を描くこと、
背景は自由だがちゃんと設定させること」

つまり、恋の話が終わるところも無く同じところをぐるぐる回るような会話をする人は、
恋というどうしようもないモヤモヤを
何かに変換することができないからだと思う。
しかし運動や芸術活動だと性的な欲求を
解消できる。精神分析の用語で昇華という
行為らしい。学校の友達同士であまり恋の話が
出てこないのは、うまくその辺りの欲求を
解消できているからだろう。
思えば恋も芸術も決まった答えはない。

アメリカの大学へ行った際、デザインのプレゼンテーションでも英語で
「My solution is」と始めている人が多かった。
直訳で「私の解決法」。絶対的答えではない。
生み出し、独自に作り上げた 1 つの案である。
(しかし、あらゆる女性誌には恋の記事が書かれ、
すべて「〜すべし」というハウツーで解かれている。
解決法が書かれているのは、恐らく恋を理論化するところで安心するからであろう。誰も芸術しようとは言っていない。それはどうやら面倒だし、
「答え」ではないからである。)

モテたい人は絵か文か運動をがんばってみたら
どうかしら。恋をいい方向に解消し、
いい趣味にもなるし、無駄にダイエットとか
高い服とか買わなくても輝きだすから。
結果は保証しませんけれども。

2007年2月16日（金） ひだまり

● キノコ頭。

受験生のみなさん。
今日もお天気がよくてよかった*です。
気持ちよい朝のスタート、はりきりましょう！

お天気がよくてよかった：入試の最大の敵は、雪。何よりも雪。受験生にとっても大事だけど、スタッフ側にとっても重要事項。雪が降らないだけで、ある意味その年の入試は成功したような感覚にもなる。

今日のペリカン写真。

腰に手をあててぷんぷん。

昨日髪をばっさり切りました*。
15cm は確実に切ってます。肩に髪がつかない
くらい短くしたのはひさしぶりです。

髪をばっさり切りました：ひだまりさんは美容院派ですが、お金が無いのか芸術なのか、セルフカットをする人の割合が高いのもムサビのファッションの特徴（うまいとは限らない）。男子学生に女の子の髪型の好みを聞くと「ロングでー、黒すぎず茶色すぎず…」という大抵無難な回答…普通。ちなみに手羽の通ってる近所の床屋さんは岸谷○朗さんの行きつけ（誰も聞いてない）

だいたいいつも背中のまんなかくらいまである
長さなんです。パーマもゆるーくかけたので
キノコみたいになりました。
私の髪質は細くてかなりまっすぐですが*、
今ならくせっ毛と思われるかも。
パーマでもかけないとピンで留めてもサラサラ
落ちてきます。まっすぐなくせにさわると
意外とやわらかくてこしがない感じ。
もう 10 年近いつきあいの同い年の美容師さん曰
く、私の髪はまっすぐなのでパーマもかかりにく
い、細いしまっすぐゆえにボリューム感がない、
前髪はのばすとペタンとするからのばすことは
できません！(キッパリ)ぜったい短い方がいい！
そういってこのあたりと指差したのが
おでこのまんなかあたりだったので、
え…それはちょっと、さすがに短すぎですよーっ
てことになって、いつもと同じくらいに
カットしてゆるく丸さをだしました。
そのいつももわりと短くて、
眉毛より上なんですけど。結局いつもパッツン。
前髪をのばして横に流すナチュラルなヘアスタイ
ルに憧れていて、何度かのばしたこともあったけ
ど、モンゴルの人みたいだなーと私は感じていて、
ふつうにしていてもインド系と言われるのが、
より一層日本から離れる感じなのです。
短い前髪は子供っぽい気がしていて、
女性らしいラインに憧れてもないものねだりに。
ただ、アレンジしやすそうで、

髪質は細くてかなりまっすぐですが：
手羽のサラサラヘアは10年以上使ってるオレンジのマシェリのおかげです（誰も聞いてない）

楽しめそうな期待がある髪型になりました。
自分の持っている個性を自然にひきだしてあげること、を感じました。
これは制作でも感じてるんですが。
最近きれいだと感じることができる自分のデザインのポイントが少し見えかかっていて、
それはどんなデザインでも応用できるような気がしていて、実践もしてみたいと思っています。
そういう気持ちだったからか
黒いシンプルなセーターを買いました。
って、一番の理由は6000円くらいのがセールで1800円だったからです。
好きなブランドだから迷わずレジへ。
今日はこれから病院です。
マウスピース*、取りに行ってきます。

マウスピース：
この少し前に、ひだまりさんはアゴの異常が発覚！その治療のためのマウスピースです。ボクシングをやってるわけじゃない(笑)

2007年2月19日（月） tank

● 女泣かせのゼミ教授

一昨日のゼミ打ち上げ、とっても濃ゆくて
フォーマルな内容でした。

酒がまわってきた頃合いを見計らって、
教授の提案で「4年間を振り返り、そして卒制を振り返り、これからどうしたいか」をそれぞれ宣言することになったのですが、
なんかもう、みんな感極まっちゃってすごい胸を打つスピーチ会になってしまいました。

マジ泣きした人は数人だったけど（書いちゃって
ごめん）、正直言うと tank も自分のことを
喋りながら、少し泣きそうになっていた。
涙を流さなくとも、ちょっと声の詰まってる子も
沢山いた。
ミルクを多めにしてもらったカルーアを飲みなが
ら、教授はその言葉の全てを受け止めていた。
なんて女泣かせな教授なんだ。

その後も（tank は別の用事で抜けてたんだけど）
教授は 3 次会のカラオケ会場で「オフコース[*]」を
美声で歌い上げ、更にみんなを
泣かせたとか泣かせないとか。
恐るべし板東教授。あ、名前書いちゃった。
何はともあれ、とっても有意義な打ち上げでした。

オフコース：
ちなみに「OF COURSE」ではなく「OFF COURSE」。「言葉にできない」から「ラララ」なんだと、去年知りました。

2007年2月20日（火） MoMonga

● ステラレナイ

こんばんは MoMonga です。
今日は久々に Win からの更新。
なぜかというと、M さんの部屋の Mac さんが
無数の書類やら雑誌やら DM やらで
埋もれてしまっているから。
部屋の掃除してるんです。今。

いやあ、出てくるでてくるデテクルヨ。
いろいろデテキスギて何からステテいいか

ワカラナイヨ。
もうアキチャッタヨ ワタシ。
すげー昔に描いたイメージスケッチとか
すげー昔に描いたドローイング*とか
すげー余ってる素材とか
ちょっと気に入ってるDMとかパンフとか
捨てようと思ったら捨てられるんだけど
捨てちゃうとなんか不安だし。。。。。
ああ～～～。めんどくせ～～～～～～！！！
そんな自分がめんどくせえ～～～～～！！
はい、捨てられない女です。
捨てなきゃ人間らしい生活を
取り戻せないのはわかっているんだけど
す・・・・・ステラレナイ*。。。
イロイロ思い出しちゃってステラレナイ。

・・・・・・・・・いやだめだ！！！捨てるんだ！！！
捨てなきゃオマエに未来はない！！
捨てて捨てて捨てまくれ！
過去なんて捨てちまえ～！！
よっしゃ、捨てるか。

ドローイング：
描くことを広く意味するが、主にアイデアスケッチのような、さっと描いた絵のことを指すことが多い。

ステラレナイ：
ムサビ周辺のアパートの庭先などには、石彫や木彫の首像、全身像が置かれてることがしばしば。石膏のマルス像が適当に洗濯機の横に置かれてたり。夜中はびっくりするけど、すぐ慣れます。

2007年2月27日（火） ひだまり

● すごくね？

今日のハスキー。
うちの犬（ハスキー）が車に乗って、
後部座席の間から顔をだしているところです。

先日お会いしたブックデザイナーさんが
「俺が紹介したって言っていいから」と言って
くれて、その方のお友達のデザイナーさんに
作品を見せるチャンスをいただきました。
そのデザイナーさん、とても私が好きな方で、
しかもムサビ出身（中退）。
年齢が私とそう変わらないのに、
そのデザイナーさんの装丁作品に
ぐっときていた私は、まさかこんなきっかけで
作品を見てもらえるとは、って思っていました。
そのデザイナーさんの事務所にお邪魔できる日が
今日、だったんです。
開口一番、そのデザイナーさんが言ったのは
「大学院ってすごくね？」でした。
すごくね？って、、、
くだけた言葉に
あぁこりゃくだけて話ができそう
と思いました。笑。

一応私はデザイン事務所の就職を
考えて動いています。
ただ、ブックデザインをやりたいので事務所も
限られ、当然空きがなければ入れません。
決まればいいけど、きっと気長に待つことになる
だろうと思って動いています。
この事務所はスタッフを募集していないと
事前にわかっていたので、
最初から作品を
見てもらうためだけにきていました。
それで言われたことが、
「ひだまりさん、フリーでやった方がいいよ」
でした。
それは前回ブックデザイナーさんにも
言われたことでした。

もう若くない*のでわかることがあります。
デザイン事務所は若さでやれることもあるってこと。
私くらいになると体力の不安もあること。
あと小さな事務所の場合、スキルはともかく
その場に合う人柄かっていうこと。
空気が合う合わないって大きいと思うんです。

もう若くない：
若いぞ若い。手羽に比べれば若い。だっておじさん、コーラが１缶飲めなくなりましたから。

あともう１つ、どの事務所もそうとはいえない
けれど、デザイナーが決定したデザインの
イメージを形に起こす、というデザインの作業。
つまり基本的には私がデザインするのではなくて、
デザイナーのデザインを私が形にすることになる。

これが、ひだまりさんは
きっとできないと思うよ、
って指摘されました。
俺は独裁者だから、きっとひだまりさんは
俺のこと嫌いになるよ。
フリーの方が向いてるよ。
「もしかして作品にでてますか？」と聞いたら、
「うん。すごくでてるよ」って言われました。
え！！
これは大学院に入って私が感じてきたことでも
ありました。所属するのは合わない*かもって。
友達にもさんざん指摘されてきました。
実は父もこっそり母に言っているほどで…。
作品にでてるとまでは思わなかったけど。
一匹狼の方が自分を発揮できる、らしい。
先生に指摘されるところの「1人で突っ走る」、
まさにこのことです。
欠点もあるけどスキルはレベルとして
上だと思うから、あとは仕事をこなして
覚えればいい。
そう言ってもらって、
なにも決まってないけど不思議と安心しました。
私次第かもしれません。

最後に「あ、そうだ、いい仕事がある」
そう言って今ある仕事が止まってるんだけど
動き出したらやってみる？と言ってもらいました。
表紙イラストはそのデザイナーさんが

所属するのは合わない：
美大生は基本的に1人行動派。他の人と共同で作業したり、組織に属したりというのが不得手な人が多い。ひだまりさんは、特にその傾向が強いのかも…。

描くことが決まっていて
他のデザインをひだまりさんやる？って。
そんな夢みたいな話本当ですか？って感じだけど、
「動いたら連絡ください！」と即答しました。
これが現実に叶えばすごいけど、
私にとってあまりにすごいので
真に受けないようにしておきます。
それよりもあるブックデザイナーさんの縁で
このデザイナーさんに辿り着いて、
このデザイナーさんが初対面の私に
こういう話まで持ちかけてくれた、
その寛大さがうれしかったです。

3月 思いっきりモノ作りしといてよかった～

2007年3月4日（日）　ニア

● OB訪問

今多くの企業のエントリーシート（志望書のようなもの）の提出期限が続々と締め切られる中で
提出できたのは数枚しかない。
巷のシュウカツ生は50社とか100社やったとかおっしゃってるが、
どういう風なモチベーションで1枚1枚エントリーしていったのか教えて欲しい。
テンプレート*を使って書いたのだろうか
どうも私には、そのような自分の気分を
コントロールする要領が悪いようである。

さて、OB訪問*をした映像デザイナーがいる。
電話をしてその日に仕事場に向かった。
彼は数人と舞台の模型を見ながら、
真剣な顔でいろいろ交渉していた。
「で、どういうことが知りたいんだっけ」
先輩が私に向かったとき、私はしまったと思った。
すごい人だ、オーラが違う。
こういう人に私は5人ほど出会い、話した。

テンプレート：
場面に応じて部分的に修正を加えるだけで使える、ひな形のこと。100社分ぜんぶ1から作っていたら、何時間、いや何日かかるんだろうって話です。

OB訪問
就活の一環として、情報収集のために希望の企業に就職しているOBを訪ねること。

日本を実際動かしている人。
時にはクリエイティブな部門で、
あるいはメディアの頭脳の部分の人。
仕事で功績をあげている人、というのは、
ある一種の潔癖な雰囲気が漂い
生活感がまったく感じられないのだ。
しどろもどろで自分の状況を伝えたり、
ポートフォリオ*を見せた。

ポートフォリオ：
⇒ 136頁

「はっきり言うとね、何が伝えたいかわからないね」
私を見据えて批評された瞬間
「批判できる人にやっと出会えた」と感動した。
どうもマゾかもしれない。
否定的に自分を言われると、
成長できると思ってしまうのだ。
夕飯についていき、
結局3時間くらい相手してもらった。
OB訪問ってすばらしい。

2007年3月6日（火）　ふか

● ポエム

今日から教室展*で、
午前中は受けつけのお手伝いに行ってました。
こういう画廊を使った展示会に
出品するのは初めてで、搬入・展示方法も
初めて自分でやりました。
というか、段取りが掴めてなくて、
先生の指図でうろうろ×2。
教室展：
ふかさんが通っている絵画教室の展覧会。

・・・来年はもう少しお役に立つと思います。
で、本日一番にやってきたお客様は、
ご近所に住むおじさん。
ギャラリーの常連さんらしいが、おじさんは常々
「ここらへんのギャラリーでやってる奴は、
みんなタイトルの付け方が下手だ」
と思ってらして
「絵を見たら分かるようなタイトルをつけるん
じゃなくて、絵を描いてた時の感情を、ポエムを
感じさせるタイトルにしなきゃ！」
という自説を力強く主張されて帰っていきました。

ポエムなタイトルですか・・・。難しいですね。
私個人としては、タイトルはなるべく
シンプルなのを付けるようにしてます。
絵を見る時に、見る側の
邪魔をしないタイトルを心がけてます。
なるべく先入観のない、
フラットな感情で絵は見て欲しいから。
ただ絵画教室の先生曰く
「そのためには、絵から伝わってくる情報が多く
ないと駄目なんだよね」
確かに。
おじさんの求めているポエムは、
タイトルではなく画面から感じ取ってほしいなぁ
と思いました。

来年はパッションな絵を描くか。

2007年3月7日（水） 赤岩

● 群青と鉛色をいったりきたり

もう3月になりました。
赤岩さん、相変わらず将来に向けて具体的な
動きを、していません。
もうダメキャラ装うことで
現実から逃げることは出来ないのに。
プライベートで色々あったせいか、
最近気持ちが沈みがち。
DSを1時間やれば、
少しの間だけ忘れることは出来るけど。

つーかゲーム機でいいのか？
美大生の気の紛らわし方として。
（武蔵野美術大学造形学部彫刻学科[*]在籍学生としては）レベルの低い悩みを、頭の中だけで考えてばかりで思考の糸をからませるばかり。
脳内世界に浮かぶものを現実世界に具現化するのが、芸術の一側面かもしれないのに。
手を動かすことに対して、「部屋片付けなきゃ」とか「何か気分が乗んないし」とか、
厳しい始動条件を課している。
友達なんか、アパートの壁をうっかり汚すほど制作をしていて、でもまともに生活する気がなくてあまり食べてなかったりするのに。
衣食足りてるだけで大満足の自分は
ペットというか寄生虫。

武蔵野美術大学造形学部彫刻学科：
正式名称にすると長い。デザイン系や、ましてや大学院になると、もっとずっと長いのが悩み。就活などで履歴書に書くときは、皆うんざりする。

自分が今まで「手を動かすのが好き」といって
いたのは、結局のところ脳内世界で
「生き生きと手を動かしている自分」
を妄想してよだれたらして、たいしたことない
現実世界の自分にカーテン引いただけだったんだ。
そもそも高校時代美術に関することを
何にもやってなかったし（爆）
脳内妄想だけで予備校経由で
美大に入った罰が当たっただけなんだ。
漫画でいうところの「その他大勢の雑魚キャラ」が、
ムサビ生の見本の振りして
こんなブログかいててすみません。

2007年3月7日（水） 鈴嵐

● パーリーナイ

先月くらいから結構こまめに
ドレスをチェックしています。
謝恩会に着ていく服が無いのです。
パーティーにきていくおようふくがないのです*。

おようふくがないのです：んまぁ、シンデレラみたーい！

1月末まではとにかくみんな
卒制を終わらせることで頭がいっぱいですから
他のことは全て後回しで、袴とかも
ちゃんと注文*してなかったりします。
なので4年生の女子たちは
顔を合わせれば大体この話です。
私は毎年劇むさで卒業式を見ていたので

袴とかもちゃんと注文：卒業式の袴はレンタルする人が多いが、着物選びや採寸、着付けやヘアメイクなど事前の準備や予約が必要。美大生だけに色柄選びにはこだわり、相当の時間を要す。

大体どんな感じか想像がつくのですが*、
普通はあまり見る機会が無いので結構不安がります。
でもやっぱり一番袴や振袖の人が多いですよ。
普通の大学みたいな。
ドレスやスーツの人が少しと、
特攻服とかチャイナドレスとかで
遊ぶ人が更に少し、とゆう感じ。

この時期決まってないとなると
みんな大体投げやりになってきます。
手持ちの服でどうにかならないかとか
アクセサリーでごまかせないかとか
もう裸足でいいとか公園でいいとか言い出す。
だってきっついんですよ。
まずドレスを決めて
大抵は上に軽くはおるもの、
靴、バッグ、コートと続きますから。
卒制の制作費用以外に、
アルバム代
謝恩会
二次会と。
その上でほとんどの女子は
袴もしくは着物代に加えドレス代なのですね。
人によっては引越しもありますし。
たいへんなさわぎです。
たいへんなことになるぞと分かっていても、
とにかく目の前の卒制に全てつぎ込んでしまう
という恐怖の法則。

大体どんな感じか想像がつくのですが：
手羽はアフロのカツラと金色ラメジャケットでしたが、何か？

その上今までの 4 年間を思う機会が多いので
何かと胸を痛めたり感謝もしており、
親にはなるべくこれ以上迷惑をかけずに
卒業証書渡したい・・・と思うのです。
スポンサーの息が切れ切れなのは見てて辛い。
自責の念に駆られるのです。

でも
謝恩会という大義名分の下、
目的がなければ入れないお店や
なかなか手に取らないようなドレスを
試着できたりするわけで私はかなり楽しいです。
そもそもパーティーシーズンですから
種類もわりと豊富ですし春っぽくてうかれます。
ただ、ドレスって勘弁してほしい系のが 7 割
残り 3 割のうち、まぁ着てもいいかな、が 2 割で、
予算内なのはその中の半分。
本当に着たいものは 1 割で、
その中で予算の範囲内に収まるものなんて、
無い、ということが分かりました。

着たい服を着ればいいのです*。
隣のリクルートスーツコーナーを見てため息をついていたのなんて遠い昔に思えます。
日常が想像以上*。

そういえば昨日
私の就職をも取り計らってくれた恩人の

着たい服を着ればいい…：
結局、鈴嵐さんは粘って探しまくり、卒業式はステキなアンティークの着物と袴に。謝恩会のドレスもスーパーかわいかった（と書けと言われました）

日常が想像以上：
「日常が想像以上」はムサビのオープンキャンパスのキャッチコピー⇒ 56 頁

オープニングパーリー[*]の帰りになんだかめずらしいことがありました。
ドラマだったら恋が始まったのでしょうか。
大人はすぐそう言いますが、
ああいうときは恥ずかしくて顔も見れないので
次に会ったって絶対分からない
ということを学習しました。
ほんと日常想像以上。

オープニングパーリー：展覧会初日にひらかれるパーティーのこと。

2007年3月8日（木） 音量子

● なぜ作品をつくるのですか？

取引先のテレビ局の人と話をしていたら、昨夜の番組の視聴率はこれこれで、他局の番組の視聴率は予想より良かったとか悪かったとかそんな話ばかりをするから、「局の方はいつも視聴率を気にしているんですね」と言うと、その人は「そりゃそうですよ。音量子さんの会社で言えば売り上げのようなものですから」と言われて虚をつかれた。
言われてみれば当たり前の話で、高視聴率番組の担当者は普通の会社で言えばトップセールスのようなものだろうか。
そのテレビ局で最高視聴率を取っている番組のディレクターは肩で風を切って局内を歩いている[*]（実際、廊下で跳ね飛ばされそうになった）。

ディレクターは肩で…：やはりその肩には、セーターがかけてあったのだろうか？

とは言うものの、とある制作会社のベテランカメラマンさんと酒を飲みながら話をしていたら、

「ぶっちゃけ、視聴者のことは何も考えていないんですよ。頭にあるのはライバル番組のカメラマンのことだけ」
番組作りは、金銭欲とか制作欲とかで単純に割り切れないことは分かる。

先日、局の打ち上げに同席させてもらった。
安い居酒屋を借り切って制作会社の人もたくさんいて、肩肘の張らない楽しい会だった。
局の人と同じテーブルにいたから、制作会社の新人のひとたちが頻りに挨拶に来た。
皆はたちそこそこで、どんなものを作りたくてこの業界に入ったのだろうかと思ったし、またこのうちの何人が激務に耐えて*頭角を現すのだろうかとも思った。

激務に耐えて：映像系の人は、3徹（3日間徹夜すること）、4徹は当たり前の世界。

2007年3月9日（金）　ひだまり

● 探し物。

昨日群馬から一時的に東京の家に戻って、
私用を済ませて、家で目薬を探していました。
去年疲れから白目の部分に赤いフリクテンという
できものができて、
どうもそれが再発した感じで目が赤くなっていて。
疲れかなーと思いながら探していました。
が、見つからなくて。

1時間くらい、引き出しを開けたり、

棚の裏を見たり、何度も何度も繰り返し見て、
やっと探しあてたときは
「やったー、やっと見つかった！」
って思ったんです。
その直後に携帯が鳴って、電話にでて、
それで私の今後が決まりました*。

それで私の今後が決まりました：
全てがバシバシと解決していく瞬間ってありますね。おめでとう！

フリーという道を選択するとしても、私はつながりを持たなければならないと思いました。
自分のお気に入りサイトを改めて見ていたときに
デザイン書や雑貨を扱っている小さな会社があって、
たまたまWEBサイトの更新の
アルバイトを募集していました。
WEBの更新作業は過去に仕事で企業WEBの
ディレクションをしていたのでたぶんできる。
海外のかわいらしい雑貨を売ったり、映画の配給や絵本、写真集も作っていて、なによりもこの会社はデザイン関連の本を出版している。
バイトであってもここで働けるなら、
と履歴書をだしたんです。
数日後、書類が通って、
面接のチャンスをもらいました。
こんなことってないんですが、私は本当にうっかり、
ぽかんとしていて、必要ではなかったにしても、
作品を持って行くのを忘れてしまいました。
なんでこんなチャンスを無にしたんだろうと、
面接後にすごくすごく後悔しました。
ただ私の今までの職歴や経歴には興味を

持ってくださった印象を受けたんですが、
もうこのことは忘れようと思いました。
私好みのおしゃれな空間だったけど、
もう二度と行けないだろうと思いました。

目薬が見つかって、採用とわかって、
なんと来週から！
新しい生活がスタートすることになりました。
真っ白で細長い、かわいらしい建物に通います。
しばらくWEBの仕事をしながら、
制作を続けていこうと思います。
卒業前に働くことになるとは
予想していませんでした。
さらに、月金勤務で土日に群馬の自動車学校*へ
つめることになろうとは…。
休みがない。
けど、がんばる。そして明日は初乗車。
おなかがねー減るんですよ、自動車学校にいると。
今日は東京から群馬に戻って、そのまま
自動車学校に直行しました。帰りは夜で、
さすがに東京に比べて星がキレイです！

月金勤務で土日に群馬の自動車学校：
高校生でも真似できないくらい若々しいタフな行動、尊敬に価します。応援していますよー！

2007年3月10日（土） mooe

● シャア専用MAU帽子

お久しぶりです。
9日の夜は、ムサビコム飲みでした。
知らない人が多く、最初は緊張しましたが、

気さくな方ばかりで、楽しめました。
ハートフルで、とても、良かった。
あ、手羽さんの帽子*、素敵でしたよッ☆
最近は、「ガンダム」と「就活」にハマってます。
ガンダムは、カイ・シデン（ていうキャラクター）
が好きです。
久しぶりにアニメのなかに好きな人を見つけました。
ファーストだけでなく、
全シリーズを制覇したくなりました。
ガンダムトークを就活で活かせたらな、と思う。
で、大学卒業して会社員になったら、
シャアザクを部屋に置きたいと思う。

タイトルはテキトーです。

手羽さんの帽子：「MAU」ロゴの赤いキャップ。平成19年度入試の油絵のモチーフ。この本のプロフィール写真でかぶっています⇒261頁

2007年3月12日（月） MoMonga

● 帰還

どうも、昨日卒業旅行から帰還しましたMoMongaです。
今回は、カンボジアとベトナムに行ってきました〜！
そして・・・し・・・知らぬ間にオフ会が・・・・・・・。
手羽さん、、、申し訳ないです。。。。。
返事も出さず・・・・・↓↓
今更すべてを知って、浦島太郎な気分です。
家に帰ったら、会社からまたイロイロと書類がきてました。あ〜〜〜。現実。
とりあえず今日はベタに朝焼けの
アンコールワットを載せときます。

2007年3月13日（火）　ニア

● 度胸だめし

明日初面接です。今まったく緊張していません。

片やアンコールワットの楽しい卒業旅行の写真、片や就活初面接でパニくるイラスト…本でみるとおもしろいなぁ。

これがまたやっかいで

面接始まる直前にパニくるのです

今パニクれば、なんとか持ち直すのですが。

最高にドモるからね。

いいスタートを切りたいですなぁ・・・

就職活動で、楽しいと思う反面、
業種を絞らないので、
分裂しそうになっている自分がいます。
自分、何がやりたいの、
と平均的な就活生の悩みに陥りそうです。
うちの家はゼロ貯金なので、
父母の生活分と奨学金のウン百万返金のために
お金をゲットしなきゃあかんので、
何が何でもド根性精神で働きぬく予定。
高望みしすぎて、全部落ちること以外、
フリーターは避けると思います。

昨日の「風林火山*」では佐々木蔵之介さんが、
かなり格好良かったから
そのラインをモノにしたくて
思わず静止画面にして、0.25 秒ずつ、
クロッキーをしたくなりました。

「風林火山」：2007 年 1 月から放映されている NHK 大河ドラマ。舞台は戦国。主人公は内野聖陽演じる山本勘助で、そのライバルである真田幸隆を演じるのが、佐々木蔵之介。

2007年3月16日（金） una-pina

● 本日無事卒業！！！！！
だまされました。
おきなまろさん、朝 8:30 なんかに来なくても
充分座れそうじゃないですか・・・てか
10:30 開場*じゃないですか・・・！！！
朝早く来すぎて、まさか式の日にちを間違えたん
じゃなかろうかと戸惑いました・・・てゆーか、
入院とか入院とか入院とか色々あったけど、

10:30 開場：「卒業式の会場はすごい混むから、8:30 位に行って席をとらないと座れないよ」と、9 日のオフ会でおきなまろさんに吹き込まれた una-pina さん。そのとおりに行ってみたら…。ちなみに吹き込んだ本人には、無責任にもその時の記憶がないそうで。恐るべしオフ会のテンション。

無事卒業できました！！！！！

あまりに不安だったので、朝イチで教務課へ駆け込んで卒業証明書*を発行してもらってきました。
もう、確実です。
今さら「やっぱ、単位取れてないから卒業できないよん★」とか言われても、ビビりません。
この証明書が目に入らぬか！ってことで。
そして、暇ついでに（だって控え室とか無いんだもん）9 号館にいる教授の個人研究室と、
手羽さんに挨拶に伺ってきました。
捕まってくれたある教授は、卒業生の私より
きらびやかに輝いておられました。
占い師のようでした。お世話になりました。
手羽さんは、相変わらず MAU グッズまみれ*のスーツ姿で、「へ～だまされちゃったんだ～ふふふふ」とちょっと嬉しそうでした。
ムサビの企画広報課はこわいところだと思いました。こちらも、4 年間お世話になりました。
そして、今です。暖房は入ってる筈なのに
底冷えする 9 号館 Web スペースです。
今日は長い 1 日になりそうです。

なんて日記更新をしていたら、
おきなまろさんが登場しました。
きっと 8:30 集合は、おきなまろさんの出勤時間*だったんですね。お疲れさまです。
じゃ、そろそろ体育館に向かおうかな♪

卒業証明書：
ムサビは、卒業証書と一緒に証明書をくれないので、必要な人は発行してもらいに教務課へ行かなければならない。

MAU グッズまみれ：
首から下げている職員 ID カードの紐に、カラフルな MAU クリップや MAU バッヂをつけまくっています。たとえフォーマルな服装をしている時でも、手羽の MAU 愛は変わることはありません。

出勤時間：
某研究室に御出勤ですね。
⇒ 56 頁

2007年3月17日（土） 鈴嵐

● 式その後

お早うございます。
卒業式の後は事故で電車が遅れたり
とにかくあれこれ大変でしたがとにかく*、
新宿の小笠原伯爵邸で素敵なパーティーがあり、
歌舞伎町へ二次会に行き、
1時頃に国分寺へ移動し、
明け方5時まで飲み、
うちに帰って
ただただ白いシーツにすべりこんで
さぁ寝たい、今、寝たいというその一心で、
適当にお風呂に入りドレスも適当にしまって
適当に化粧水をつけて、朝7時ごろお布団へ。

起きると暗い。
この暗さは朝なのか夜なのか*。
電気スタンドをつけると時計は9時半。
夜か・・・
友人から電話。
やっぱり夜か・・・

とにかくあの時もあの時も、
何度も言った「バイバイ」と「またね」が、
いったいどんな意味を持っていたか
またねのあと、本当にまた会えるのは誰なのか、
怖くもあり楽しみでもあります。

あれこれ大変でしたがとにかく：
多くの女子たちは、袴でいったん家に帰り、ドレスに着替えてパーリーに御出勤なので。

朝なのか夜なのか：
私も夕焼けと朝焼けを勘違いした経験あり。

それから誰か私の落としたカメラを拾った人は
教えてください。

2007年3月21日（水） 凡々

● 春の凡々はなぜいま日記に逃避しているのか

桜もちらほら開花して、
花見へゴーな春ですが、、、
春休みって、ないんです。
凡々の授業はもう始まっています。
冬から始まってます。
ファッションコースには、春休みがありません。
これは研究室のイジワルでもなんでもなんでもなく、
夏にテーマ展をやるからです。
テーマ展というのは、夏休み前に、
毎年ファッションコースの4年生がやっている
授業としての展示です。
去年は「贅沢」というテーマで行われました。
「今年は、ちょっぴり変わったものにしたいね」
と会議で決まったので、
模索しつつ始まっています。
うーん、成功させたいです。
なぜここ最近日記を頻繁に書いているのか、
お分かりでしょうか。

ふふふふふふふふふふふふっふふふふふふふっふ
そうですチャンスはピンチ*なわけですよ。
冴えていらっしゃる。

チャンスはピンチ：
「よく、ピンチはチャンスだといいますが、裏を返せばチャンスはピンチ。凡々は、正直ピーンチです。これをチャンスに変えるべくやっていきたいものです」
3月14日の日記より抜粋。

2007年3月23日（金）　音量子

● 目蒲線の衝撃

東急目蒲線*でひと駅の目黒不動前に勤めていたのは、SPEED*がまだ小学生だったからずいぶん前のことで、電車は土手の上をのんびりと走っていたし、まだ東急多摩川線などという奇妙な名前に変わってもいなかった。
目黒不動前はオフィス街というよりは住宅街で、落ち着いてもの作りが出来たし、不便な所というわけでもなかったので、ここを選んだ開発担当取締役の意図は当たったとも言える。
ある朝、いつものように目黒駅で目蒲線に飛び乗ると、目の前に身長 180cm 超のおかまが仁王立ちになっていて思わずのけぞった。

おかまは酔っぱらっているようで、
「私、こんな化け物になってしまいました」
と大声で何度も繰り返す。すると、座席にすわっている何も関係のないおばさんが
「そんなことないわよ、きれいよ」と応ずるのだ。
おばさんは 50 代半ばくらいで和服を着て上品で、おかまが「私、自衛隊に入ってこんな化け物になってしまいました」と叫ぶと、あいかわらず
「そんなことないわよ、きれいよ」と応じるのだ。

おためごかしのようではなくて、同情しているようでもなく、蔑んでいるようでもなくて、素直に

目蒲線：
目黒駅と蒲田駅を結んでいたが、2000 年 8 月、目黒線と多摩川線に分割され、目蒲線はなくなりました。

SPEED：
1996 年にデビューした、女の子 4 人のボーカル & ダンスグループ。

話しかけるおばさんの口調を思い出せるし、このような落ち着いた大人になりたいものだとつくづく思った。

2007年3月30日（金） una-pina

● 大学進学について

桜も咲き乱れ、仏滅の日の入社も迫り、
あわわわ…と時間が流れて行きます。
ムサビ日記もシメにかからなきゃ*、ですね。

シメにかからなきゃ：はい。この本ももうすぐ終わりです。よろしくお願いします。

まずは、「大学進学について」
日本・韓国の大学進学率は世界的にはかなり高く、
高校の中に居ると、
「え、○○ちゃん進学しないんだぁ…」と、
進学はして当たり前（マジョリティ）なんじゃ
ないかと思います。でも、そこで「美大」を
選ぶのはかなり少数（マイノリティ）なわけで、
勇気のいる選択だと思います。
私も手羽さん同様、子供の頃
「una-pina ちゃんは絵が上手だねー*」路線で
「将来は絶対美大に通うわ」とかなり若い頃から
決めてかかっていたタイプです。
ところが、あるとき（大学受験前）、スランプって言うんでしょうか、何にも制作意欲が
湧かなくなってしまったんです。
今まで一番好きで、得意で、やっていたことが、
全くしたくない。描けない。

絵が上手だねー：小中高で漫画とかイラスト描いてて美術展で賞を取ったりして、みんなから「○○ちゃん、絵がうまいねー」って誉められ続けて、「美大でも受けてみようかなー」と美術予備校へ行くと、自分よりうまい人が沢山いることを知ってショック…美大生ならかなりの割合でこれを経験してるはず。手羽もその1人。

かと言って、「高卒」（マイノリティ）*として
自立して生きていく自信もない。
更に、一般大学受験の用意を何もしていない…
フリーターをしながら、（予備校に通っていなかっ
たので）自宅でセットしたモチーフだけ見つめて、
数ヶ月過ごしました。
大学に入って何かつくろう、と思ったのは、
イトコからのメールでした。私が中学のときに
つくったタオルハンガー兼小物置きが、
「新しい家の洗面所にピッタリだったのー
ありがとうー」と。
人は誰しも誰かに必要とされて生きていたいもの。
それが、たまたま私には「物（道具）をつくること」
で、それを大量生産するには企業のデザイナーに
ならなければいけない、ということで、
大学受験を決めたのでした。
だから、もし私が理数系だったり、文系だったり、
体育が得意だったりで、
「こんな仕事がしたい」と他に思っていれば、
大卒の資格すらいらなかったのかもしれないし、
マジョリティ街道を
歩いてなかったのかもしれません…

「高卒」（マイノリティ）：
2006年の大学進学率は45.5%（文部科学省「学校基本調査」）なので、一概にマイノリティとは言えません。

格差社会のはじまりの中で、美術・音楽・医療を
学ぶのはよほどの意気込みとバックアップ*がない
とできないものです。そういう意味では、
「なんとなく周りに流されてとりあえず大学入っ
ちゃった」人が少ないのが、美大の良いところです。

バックアップ：
つまり、精神面と金銭面で支援してくれるスポンサー（主に家族）のこと。これが得られぬ場合は、自らの苦労を覚悟せねばならず、そうそう安易に進める道ではない。

2007年3月31日（土）　赤岩

● 大学生活折り返し地点

…の日は、図工教室*のお祭りの日でした。
制作よりサークルを優先していた2年間。
教授にまた「カルチャースクール（みたいに軽いな）」といわれそうな状態でした。
正直自分も、進んで制作しなかったことについては反省してます。
が、ちびくろをやり続けたことはあまり後悔していません。
活動を通していろいろなことを吸収して成長出来たし、自分を見つめ直すことができたからです。
それは一度では語り尽くせないほど沢山あるので今日は簡潔に。

★頭でいくらたくさん考えてもそれを形に表し、人に伝えることがいかに難しいかを、
☆子どもとの活動中に計画の甘さに気づき、困惑した経験から気づきました。

★計画を立てて実行してもうまく行かないときは、思い切って内容をひっくり返してみる必要性を、
☆活動にあきて逃走する子どもから学びました。

★いいものを作りたいという思いのためにがんばることを、
☆たった5分間の影絵をやりたくて徹夜で作業

図工教室：
アトリエちびくろの図工教室⇒44頁

をした友人から学びました。

★自分の感性と適性を自覚することを、
☆備品係の仕事に燃えたことで実現できました。

「…今の今まで気づかなかったのかよ！？」
という内容であるのはごもっともで、
しかもどの問題も解決していないのですが、
知らないことを知ることができただけでも
大きな成長かな*、と思っています。
…成長遅すぎですが（汗）。
たぶん他の人は作品制作を通じて、上記の★印のことを何度も痛感して成長しているのだと思いますが、まともな美術経験が少ないまま美大に入って、なおかつ課題から逃げがちだった自分は、
そのプロセスを歩むことはありませんでした。
なので自分にとってちびくろは、人間として
成長していくのに重要な要素になっていました。

成長かな：
うんうん、成長してるぞ！

造形学部彫刻学科に在籍する学生としては
いい作品を作ってなんぼで、
サークルを通して成長が云々というのは
甘い考えなのはわかっています。
でも今の自分には「それ以前の問題」というか、
何かものすごい大事なものが
欠けている状態のまま体だけ大きくなっている
気がして、それを補完しないと
前に進めないかもしれなくて。

錯覚なのかもしれないけどその感覚を黙殺して
もやもやしたまま生きていくのが
できない気がして、今現在
「ちびくろやってよかった」
という答えに至っています。

もうすぐ法律的に
大学３年生になるのにあたって、
進級制作ではないけど２年間の学生生活の
ひとまとめとして書き留めた次第です。
これから学校の課題や就職活動を進めるための
参考資料として…なるのか？（笑）
でも青春の１ページ的な記録（爆）として
残してみます。
でも自主制作はもっとすべきだったな*（汗）。

写真は祭りのひとコマ。
子どもの作るものは可愛いものもあり、
グレたものもあり（笑）

自主制作はもっとすべきだったな：
ファインアートの場合、１つの作品に長く取り組むため、授業内だけでは１年間に作る作品数が意外と少ない。数がいっぱいなくても何を学んだか…と思っても、やっぱり作品が少ないと「この１年、何やってたんだろう」とあせるもの。

2007年3月31日(土) tank

● ムサビ日記 tank 最終回
「さよなら ブログを書くわたし」

昨日は昼ドラ「母親失格」の最終回。
今日は「ウルトラマンメビウス」の最終回。
そしてこの記事をもって、
tank のブログも最終回です。

いやーなんでもやってみるもんですね。
周りから結構パソコンとかに詳しいと思われてる
tank だけど、実はムサビコムがブログに
移行するまで「ぶろぐ、って何?」て感じでした。
本当に勉強になりました。
これやってたお陰で素敵な有名人*に出会えたり、
本に載って*友達に「時の人だ!」と5秒くらい
ちやほやされたりしましたが、
それより何より、こういう「はけ口」があって
本当に良かったと思います。

何かを言いたい!と思う時に、それを
「言う場所」は沢山あればあるほどいいですよね。
ゼミ、飲み会、チラシの裏、mixi、
そしてムサビコム。ある場所では言えることも、
他の場所では言えなかったりするし。
このムサビ日記は「言えること」の数は多くはな
かったけど、「ここで言える事の質」がなかなか
異色で面白かった。

素敵な有名人:
ムサビ日記メンバーが、岡田斗司夫さんの取材を受けました。

本に載って:
『たのしい中央線 2』に掲載されたムサビコム特集の中のライター対談に tank さんが登場している。写真も載ってるよ(後姿だけど)
⇒ 11 頁

特にこの記事*とかww
なんかもー地獄の底のようなことになってますが、
その後、ゲーム業界の企画職で
内定いただきましたので、安心してくださいww
と言う訳で4月からはフレッシャーズの
仲間入りです！
フレッシュフレーッシュ！

んで。
最後の言葉をどうしようかと、
ずっと考えていました。
こういう時って、本当なんて言っていいか
分かりませんよね。
映画とかアニメとかで最後に去っていく人とか、
なんであんな格好良いセリフが言えるのか
不思議でなりません。
大したこと言えませんので、素朴な、自然な、
少し香ってから消えていくような、
そんな言葉で締めたいと思います。
ふぅ……緊張するな……

それでは！ tankの日記を読んでてくれた方、
4年間、ありがとうございました！！

さよ おなら ぷぅ！！

おしまい。

この記事：
就活中、凹みきっているときの、ツラさピーク状態がリアルにつづられたtankさんの日記。怖いのでお子様は読んではいけません（笑）

2007年3月31日（土） ひだまり

● ありがとうございました。

東京は今桜が満開です。
この日記を書き始めて、今月が実は一番
エントリー数が多いということに気がついた人は、
いないでしょう。笑。
最近、日記を読んでくれている方が
「もう仮免取った？」とか「路上は？」なんて、
いぢわるな質問をしてきましたが、ええ。ええ。
もちろん私は今日もＳ字クランクでしたわよ。
同じ日に入学した女の子が今日仮免合格。
いいもん、私なんか！
来月中には仮免合格の方向でがんばります*。
免許とったら手羽さんに報告します。

*がんばります：2007 年 4 月 28 日、ひだまりさんは無事に仮免許を取得いたしました（仮免です仮免）

この日記で、ひだまりの日記を
おわりたいと思います。
今週はとても日記では書けないくらい

激動な展開で、なぜこんなに一気に
どっさりやってきたのかわからないくらいです。
今年は火事に始まり、波瀾万丈です。
でも火事とは違って、私にとって転機、
いい方向ではあります。
ひだまりがその後どうなったか、
ご報告できればいいですね*。

ご報告できればいいですね：ムサビコムでは、卒業したライターのその後の近況報告なども掲載しています。お見逃しなく。

この日記を書くことができて、
とても楽しかったです。
自己満足だったところも多かったけど、
文章として日々が残せたのは幸せです。
始めたばかりの仕事で原稿を書くことが多いけど、
この日記を書いていなかったら、
今以上にうんうん言ってたと思います。
仮名とはいえ、見られているという意識を持って
ムサビの院生生活を送れてよかったです。

今後ムサビ日記は、読者として
楽しませていただきたいと思います。
現在ムサビ日記のライターの方も
新ライターの方も、期待してます！
2年間ありがとうございました。

2007年3月31日（土） MoMonga

● ギリらすと

まるで、夏休みの宿題を8月31日に泣きながら

やってるコみたいなタイミングで日記かいてます。
あ〜〜〜、なんでこう、ギリになっちゃうかなあ。
卒業旅行からかえってきて、
高校の同窓会があって、会社の研修がはじまって、
卒業式があって、引っ越しがあって、
タマビの卒制見に行って、学生最後の飲み会して、
なんだかバタバタバタバタしてるうちに
4月1日をむかえそうです。

una-pinaさんのアツいリクエストもあるので
（笑）卒業の日のことをまず書こうかな。
まあ・・・とにかく、お金がかかりました。。。。
束の間のバブリーでしたよホントに。
袴着なきゃいけないし、ドレス着なきゃいけないし、
靴だってアクセサリーだってそろえなきゃだし
・・・・・・・・着たくなきゃ別に着なくたって
ダイジョブなんだけど
でも、、、、、、せっかくだし。。。。。！！！
だって、、、、、オンナのコだもん！！！
と思って、イロイロそろえたら
大変な額になりました。。。。。爆。
もう、いつ結婚式のお誘いがきてもダイジョブです。
卒業式はなんだか、ほんとにムサビらしい
ラフであったかくて土クサくて、
でもダイナミックで・・・
自分でもけなしてるのか褒めてるのかわからなく
なってきましたが、、、とにかく、
「ああ・・・自分は4年間ココでいきてきたんだ

なあ」と、思える素敵な卒業式でした*。
感謝！！
卒業式は本来、しんみりするものなハズなのに
最初から最後まで笑いっぱなしでした。
学長も卒業証書渡してる最中に笑い出しちゃうしね！
そんなオイシイ仕掛け（？）が
散りばめられた式でした。

エデの謝恩会は、恵比寿にあるめっちゃセレブな
会場で行われました。
正直、あまりにセレブすぎて、まわりも綺麗に
ドレスアップしちゃって、いつもの皆じゃないし、
はじめの方はドキドキ、ソワソワしてました。
美大生＆教授泣かせの「似顔絵ゲーム*」とか
やたら美味しい食事達とか
工房で作業してる時とは別人の皆とか（笑）
まるで別世界でした。
その後、各専攻で二次会して
その後、12時位から渋谷で再び合流
朝5時まで飲み続ける。
計4ラウンドの超ハードスケジュール。
そして、完全に燃え尽きてなんとなく皆と
バイバイ。。。。。
もう、こんな風に集まることはないんだろうと思
うと、なんだかコワイようなサミシイような。
複雑な気分。。。。。

そんなMさんは3月後半の研修（ていうか、

素敵な卒業式でした：
ムサビの卒業式は「華やかに卒業生を送り出そう、ムサビでよかったと感じてもらおう」という趣旨の元、行っています。特に2006年度は専任教員による校歌斉唱ビデオが本当に面白…す、すばらしかった。そして、森山直太朗さんの「さくら」にあわせて大量の桜吹雪が舞う、感動の大エンディングが待っていました。

似顔絵ゲーム：
美大生や教員は皆、ささっと上手に絵を描けると思われがちだが、「○○を描いてみよう」とお題を出されていきなり描くと、普通にありえない笑える絵ができあがる。そんなもんです。

ふつうに仕事やらされてる）が終わった現在、
明日からの１ヶ月合宿研修の準備を
バタバタやってます。
企業でデザインをするという事をやりはじめて
まず思ったのが、学生の時、
思いっきりモノ作りしといてよかった〜ということ。
しかも、Ｍさんはクラフト系だったし。
美術大学という一種まもられた環境で
表現することを追求できた事は
私の人生の宝だなあと感じています。
クリエイティブであること、独創的であること、
美しいことの重要性があたりまえのように
共通言語として存在している。
素敵な環境にいたんだなあ。
としみじみ思います。
きっと、そこらへんの折り合いをつけるのに
しばらく苦しむことでしょう（笑）
それでは、サラリーウーマン初日、がんばります。

いままで読んで下さった方、
有り難うございました！！
そして、手羽さんはじめ日記メンバーのみんなも
お世話になりました。有り難う。

あ・・・・なんかちょっとサミシクなってきた。。。。
さようなら。

MoMonga より。

ムサビ日記はまだまだ続く

リアルな美大日記はいかがでしたか？
ページ数の関係で泣く泣く掲載をあきらめた日記が沢山ありますし、常に日記は更新されています。
この本で美大にちょっとでも興味をお持ちになったら、ぜひ本家サイトにも足を運んでください。
私も日記を書いていますので。

本書の刊行にあたって、多くの方々にご協力をいただいています。
暖かい目で部下を見守ってくれている私の上司（多分いつもヒヤヒヤしながら読んでいることでしょう）そして同僚、日記選定・校正・手羽註にいたるまで私の右腕となってくれた「ムサビ日記」卒業生ライターおきなまろさんと鈴嵐さん、かなり無謀なスケジュールで本を作ってくれた武蔵野美術大学出版局の皆さん。
そして親愛なるムサビ日記メンバーと、私の母校である大好きなムサビ。
皆さんに心から感謝しております。

2007年6月吉日

NO MUSABI, NO LIFE!　手羽イチロウ

Members and Index

＊五十音順。所属、学年は 2007 年 3 月現在のものです

赤岩

サークル「ちびくろ」の活動とともに成長、彫刻学科 2 年生。

いろ

通信教育課程から編入した油絵学科 4 年生。

una-pina

ガッツと機転で人生を切り拓く、工芸工業デザイン学科インダストリアルデザインコース 4 年生。

うに

「血液型 0 型 顔型 0 型」工芸工業デザイン学科 1 年生。

ト部

「家では B 型、家の外では A 型」映像学科 1 年生。

えいびっと

「小ネタ大好き」彫刻学科。

ELK

「丑年、B 型、天秤座、オタク」基礎デザイン学科 3 年生。

おく★とも

何もかも薔薇色？！ムサビ満喫、芸術文化学科 1 年生。

音量子

近所付き合いもソツなくこなす立派なサラリーマン。通信教育課程芸術文化学科 4 年生。

key_t

自作の模型を分身のように偏愛する建築学科 3 年生。

koko

じゃがいもとチーズとたっぷりの睡眠があればシアワセ、基礎デザイン学科 1 年生。

獅子丸

「ししまる」は忍者ハットリくんのわんこの名前、視覚伝達デザイン学科 2 年生。

鮭

A 型、乙女座、めんどくさがり、デザイン情報学科 2 年生。

sora

千葉から 2 時間かけて通っています、空間演出デザイン学科 3 年生。

tank

直感！でストレートに突き進む、基礎デザイン学科 4 年生。

チャイ

熱しやすく冷めやすい、彫刻学科 2 年生。

ニア

けなされてのびるタイプ、冷静と情熱を兼ね備える視覚伝達デザイン学科 3 年生。

四輪駆動

天真爛漫、一人暮らしに憧れる油絵学科版画専攻 1 年生。

らでん

B 型、牡牛座、マイペース、通信教育課程 2 年生。

鈴嵐

ちっこい体ででっかいシルクスクリーン作品を生み出す、油絵学科版画コース 4 年生。

razy

10 号館前の芝生とそよ風をこよなく愛す、空間演出デザイン学科 1 年生。

手羽イチロウ

十ン年前にムサビ彫刻学科を卒業、武蔵野美術大学の職員となる（ちなみに美大職員はほとんど一般大学出身者で母校出身者は 1 割弱）。ムサビ以外の環境を知らない自分にガクゼンとしつつも、誰にも負けない愛校心を支えに、教務課で客観的に大学を見つめ、情報システム課でネットワークのことを学び、愛される法人職員として企画広報課で活躍（2007 年 5 月現在）。三谷幸喜が好きで、シャンプーは十数年来マシェリを使用し、『ハチミツとクローバー』が大好きなメガネ男。2003 年より自費で個人サイト《ムサビコム》を立ち上げ、在学生ライター 20 数名を擁する「ムサビ日記」を運営する。自身も「広報の手羽」として日記を更新中！

MAU Campus Map

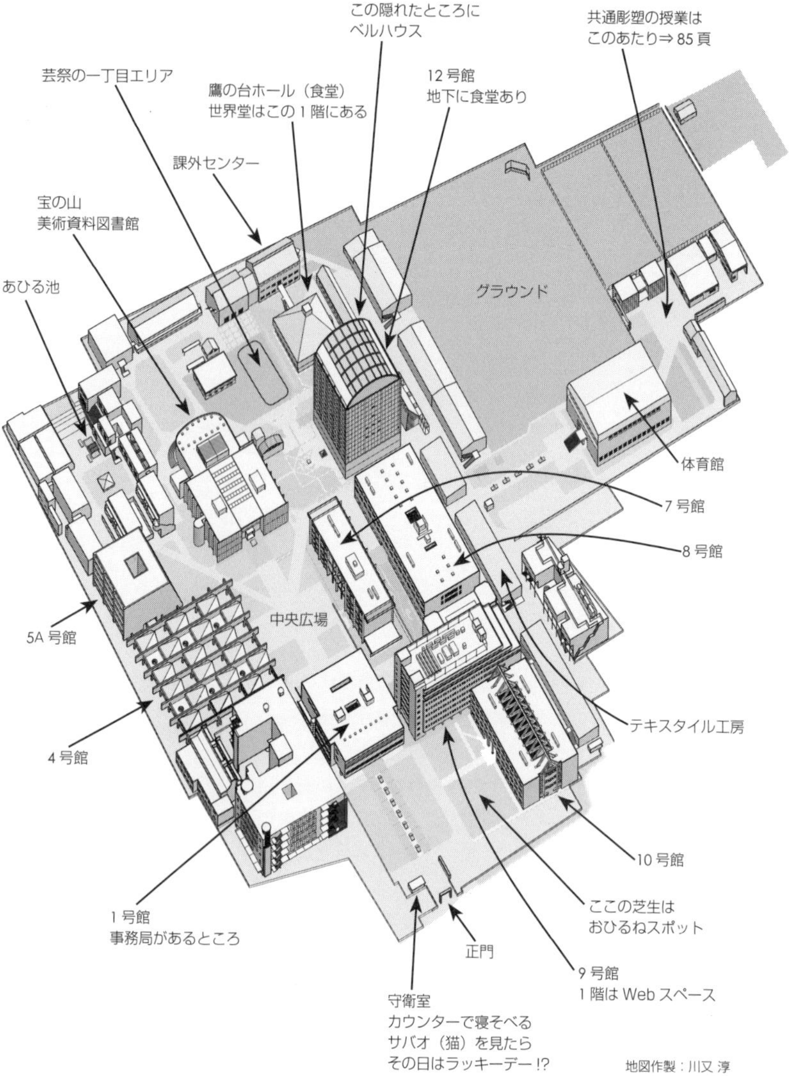
この隠れたところに
ベルハウス
共通彫塑の授業は
このあたり⇒85頁
芸祭の一丁目エリア
鷹の台ホール（食堂）
世界堂はこの1階にある
12号館
地下に食堂あり
課外センター
宝の山
美術資料図書館
あひる池
グラウンド
体育館
7号館
8号館
中央広場
5A号館
4号館
テキスタイル工房
10号館
ここの芝生は
おひるねスポット
1号館
事務局があるところ
正門
9号館
1階はWebスペース
守衛室
カウンターで寝そべる
サバオ（猫）を見たら
その日はラッキーデー!?

地図作製：川又 淳

ムサビ日記

2007年7月20日　初版第1刷発行

監修者
手羽イチロウ

著者
赤岩 いろ　una-pina　うに　卜部　えいびっと　ELK
おく★とも　音量子　key_t　koko　獅子丸　鮭　sora　tank
チャイ　ニア　日当たり良好　ひだまり　ふか　凡々　mooe
MoMonga　四輪駆動　らでん　鈴嵐　razy

発行者　小石新八

発行所　株式会社 武蔵野美術大学出版局
〒180-8566
東京都武蔵野市吉祥寺東町 3-3-7
電話　0422-23-0810（営業）
0422-22-8580（編集）
http//www.musabi.co.jp/

印刷・製本　株式会社 平河工業社

Printed in Japan
ISBN978-4-901631-78-5 C0095

定価はカバーに表記してあります
乱丁、落丁本はお取り替えいたします

絵画 素材・技法

武蔵野美術大学油絵学科研究室編　定価 6,440 円（税込）

デッサンから油彩、水彩、古典技法までの解説と名画による鑑賞から絵画の変遷を辿る

日本画 表現と技法

武蔵野美術大学日本画学科研究室編　定価 4,410 円（税込）

日本画をはじめる人、さらに表現領域を広げたい人たちのために書かれた表現と技法の書

版画

武蔵野美術大学油絵学科版画研究室編　定価 5,110 円（税込）

世界を視野に入れたムサビの版画教育を紹介。従来の版画手法〜未知なる領域への視線を提示

造形基礎

長沢秀之監修　定価 2,730 円（税込）

表現の領域においてもっとも必要なこととは？ 各領域の表現者たちが発想の根源を語る

graphic design 視覚伝達デザイン基礎

新島実監修　定価 3,570 円（税込）

グラフィックデザインの歴史と表現を広告、ブックデザイン、製本なども含めて具体的に紹介

スペースデザイン論

小石新八監修　定価 4,095 円（税込）

商空間、劇的空間、光と空間、都市空間。空間造形の設計理念から実例まで

テキスタイル 表現と技法

田中秀穂監修　定価 3,570 円（税込）

創作の発想をかたちにするまで。プロセスを追って〈染・織・編〉3 つの技法を紹介

Fashion 多面体としてのファッション

小池一子編著　定価 4,480 円（税込）

ファッションとは「今」をいかに生きるかにある。「今」を観察し、考察し、表現する手段を学ぶ

アートが知りたい 本音のミュゼオロジー

岡部あおみ編著　定価 1,995 円（税込）

編者とムサビの学生たちが、現在活躍中のアートに一番身近な人々の生の声を聞きだした！